KB123260

로깡땡의 일기

황금알 시인선 31
로깡땡의 일기

초판인쇄일 | 2009년 11월 03일
초판발행일 | 2009년 11월 11일

지은이 | 전기철
펴낸곳 | 도서출판 황금알
펴낸이 | 金永馥
선정위원 | 마종기 · 유안진 · 황학주
주 간 | 김영탁
편집실장 | 조경숙
표지디자인 | 칼라박스
주 소 | 110-510 서울시 종로구 동숭동 201-14 청기와빌라2차 104호
물류센타(직송 · 반품) | 100-272 서울시 중구 필동2가 124-6 1F
전 화 | 02)2275-9171
팩 스 | 02)2275-9172
이메일 | tibet21@hanmail.net
홈페이지 | http://goldegg21.com
출판등록 | 2003년 03월 26일(제300-2003-230호)

ⓒ2009 전기철 & Gold Egg Pulishing Company Printed in Korea

값 8,000원

ISBN 978-89-91601-72-7-03810

*이 책 내용의 전부 또는 일부를 재사용하려면 반드시 저작권자와 황금알
  양측의 서면 동의를 받아야 합니다.
*잘못된 책은 바꾸어 드립니다.
*저자와 협의하여 인지를 붙이지 않습니다.

로깡땡의 일기

전기철 시집

황금알

내 자신을 버리기 위해
나는 시를 쓴다.

차 례

1부

5부

1부

바울의 시간

귀신이 화려한 모든 것을 주겠다고 했을 때*
성욕에 이끌려 정신없이 돌아다니다가
집으로 돌아가는 것도 잊어버렸다.

그래야만 했는가?

침묵의 강으로
인형이 돌멩이를 안고 뛰어들었다는 소식을 들었다.
개들이 짖는다. 아판나토
꼭 그럴 수밖에 없었는가.

두 번씩 세 번씩 죽은 이들이
납 망토를 걸치고**
머릿속에 소금을 넣을 때에도

죄업처럼 숨은 그림자를 끌고 다니며
절대로, 절대로 안 된다***는 말을 되뇌었다.
너무 힘들어 Affannato
그래야만 하는가? 그래야 한다.****

교회 지붕 위 십자가에 올라가 내려다봐도
가로수에 걸린 울음을
받아 주는 이 없어
먼 강이 꼬리를 흔들며 몸서리를 친다.

* 마태복음 4장 9절
** 단테 신곡 '지옥편'
*** 베토벤의 유서
**** 베토벤의 현악사중주 16번의 가사 Muss es sein? Es muss sein.

아내는 늘 돈이 모자라다

아내는 나를 조금씩 바꾼다. 쇼핑몰을 다녀올 때마다
처음에는 장갑이나 양말을 사오더니
양복을 사오고 가발을 사오고
이제는 내 팔과 다리까지도 사온다. 그때마다
내 몸에 어울리지 않는다고 투덜거리지만 아내는 막무가
내다.
당신, 이렇게 케케묵게 살 거예요, 하면
젊은 아내에게 기가 죽어서 아무 말도 하지 못하고 만다.
얼마 전에는 술을 많이 마셔 눈이 흐릿하다고 했더니
쇼핑몰에 다녀 온 아내가 눈을 바꿔 끼라고 한다.
까무러칠 듯 놀라며 어떻게 눈까지 바꾸려고 하느냐, 그
렇지 않아도 걸음걸이가 이상하다고 사람들이 수군거린다
고 해도
그건 그 사람들이 구식이라 그래요, 한다.
내 심장이나 성기까지도 바꾸고 싶어 하는
아내는 늘 돈이 모자라서 쩔쩔맨다.
열심히 운동을 하여 아직 젊다고 해도
아내는 나를 비웃으며 나무란다.
옆집 남자는 새 신랑이 되었어요. 당신은 나를 위해서 그

것도 못 참아요, 한다.
 시무룩해진 아내가 안쓰러워 그냥 넘어가곤 하는데
 아침 일찍 아내보다 먼저 일어나
 거울 속에서 내 자신이었을 흔적을 찾느라
 얼굴을 아무리 뜯어보아도 내 모습이 없으니
 밖에 나가면 검문에 걸릴까 두려워 일찍 귀가하곤 한다.

고요한 밤, 거룩한 밤

전화벨이 운다. 늦은 밤 혼자서 운다. 우울한 알약처럼 거실에 앉아 운다.

아내는 큰방에 누워 하루치의 얼굴을 지우며 미로 속을 헤매고

큰 놈은 아직도 어디선가 빈 깡통처럼 거리를 쏘다니고 있을 것이고

풀리지 않는 방정식에 갇혀 있는 여고생 딸은 시험에 나오지 않는 것에만 매달린 채

분식집 언저리에서 안경알을 굴리고 있을 것이다.

빈 방들 사이에서 전화벨이 운다.

혼자 노는 아이처럼 떼를 쓰듯이 울다가 지쳐 섧게섧게 흐느낀다.

느끼한 밤

가장인 체하는 나는 작은 방에서 숨겨 온 길들을 갈무리하느라 보채는 목소리를 받아줄 수가 없다.

전화벨이 목이 쉬도록 운다. 울다 지쳐 쓰러졌는가 싶었는데

문득 깨어 운다.

아내는 약에 취한 듯 거울 속을 헤매고

큰 놈은 밤이 정말 거룩해져서야 들어오려는 듯 아직 길
위에 있을 것이고
　딸은 밤 속으로는 오지 않을 것이니
　가장이라고 이 밤을 고요하게 보내고 싶지 않겠는가.
　밤은 코 푼 종이에 싸인 채 참, 고요하다.

슈퍼보이

저녁거리를 사러 쇼핑센터에 간 아내가 아이를 데려왔다.
깡통 같은 아이는 우유는 먹지 않고
집안에 있는 물건이면 무엇이나 들고 전쟁놀이를 하는데
구석구석 흉터 진 곳마다 눈물자국이 선연하다.
아이는 나에게 한번도 아버지라고 부른 적이 없어서
내가 아이의 아버지인지
아니면 아이의 심부름꾼인지 분간하기 힘들 때가 많다.
아이가 잠들어 있을 때
무서워서 살 수가 없으니 아이를 다시 데려다 주라고 해도
아내는 막무가내다.
얼마나 귀여운데 그래요. 당신이 아이에게 맞출 줄 몰라
서 그래요. 내가 아이를 낳지 못한다고 핀잔주려고 그러는
것이죠.
아내는 울기 시작한다.
이때부터 나는 안절부절이다.
정말 나는 아이의 비위를 맞출 수가 없다.
아이 때문에 집안은 늘 전쟁터다.
나는 패잔병처럼 아이의 뒤를 따라다니며
재건축에 여념이 없으나

아이는 쉽사리 놀이를 그만 두지 않는다.
아내의 역성이 있고 난 뒤부터
아이는 아내의 침대에서조차 나를 몰아내고 말았다.
내가 아내의 침대로 들어가려고 하면
아이는 질색을 하고 전쟁을 일으키니
아내를 안고 자 본 지가 언제인지도 모르겠다.
빈 방에서 홀로 아이가 온 곳을 생각하며
아이의 별을 찾아보려 하지만
쇼핑센터밖에 떠오르지 않으니
아이를 되돌려 보낼 수가 없다.

악어의 수다

나는 밀고자, 육교에서 청색 얼굴을 떨어뜨린다.

처음에는 방과 길. 그리고 담장 아래에서 훔친 물건들을 떨어뜨렸지만 곧 시들해져서 살아 있는 고양이를 떨어뜨렸다.

청색 얼굴은 늘 고양이 울음소리를 낸다. 그때마다 육교는 출렁인다.

차들이 치사량으로 달리는 육교 아래

먼 대륙

밀고자는 어지럼증에 시달리다 못해 달나라로 가 버리기라도 하려는 듯 육교에 올라선다.

육교는 몸부림을 친다.

옆집 누나의 방으로 기어든 아버지의 그림자를 지켜본 후로 아버지가 누나에게 뱉어낸 무늬들

일기장에도 적을 수 없을 정도로 소름끼치도록 비밀스런 무늬들을

육교에서 떨어뜨린다.

육교는 칭얼거린다.

저 낯선 대륙을 향해 육교는 충분히 수다스럽다.

청색 얼굴은 먼 나라로 떠나간다.

아버지는 모든 밤의 밀고자들을 따돌리려 헛기침을 떨어
뜨리며
마당 위에 내려와 있는 대륙을 몇 바퀴 돌다가 어머니의
방으로 들어가지만
아버지가 떨어뜨려 놓은 기침이 내 가슴에서 반짝이는 걸
볼 때
다른 대륙으로 떨어지는 청색 얼굴의 잔인한 밀고자의 본
능을 본다.

누나는 먼 나라로 시집을 갔는지 다시는 우리 마을에 나
타나지 않았고
아버지는 어머니를 아주 사랑하는 척 했다.
밀고자가 있는 마을에서는 날마다
청색 얼굴이 먼 대륙으로 떠나가고 있었다.

거짓말을 하고 있는 자는 누구인가

여덟 시 오 분이 막 지나고 있을 때 나는 문을 열었고 길 건너편 미용실에서 나온 여자가 집을 나간 개를 부르고 있었다.

개가 찍은 발자국을 세며 키득거리고 있는 플라타너스 앞을 지나가던 야쿠르트 아줌마가 한 블록 건너 철로 위를 여덟 시 오 분에 지나갔다고 말해주는데

모퉁이 세탁소 남자가 야쿠르트 아줌마의 말을 제지하며 여덟 시 오 분에 세탁소 앞을 막 지나갔다고 한다.

여덟 시 오 분이 막 지나고 있을 때 나는 커피숍 앞을 지나가는 개를 보았다. 개는 배에 하얀 무늬가 퍼져 있는 서양 잡종이었다.

나는 문을 열고 나와서 미용실 여자가 개를 찾는 소리를 듣고 건너편에 대고서 개의 행방에 대해서 말해 주려고 하는데

플라타너스가 있는 빵집에서 나온 미스 김이 개가 여덟 시 오 분에 자기네 빵집 앞을 지나갔다고 한다.

여덟 시 오 분이 막 지나고 있을 때 문이 열리는 소리와

함께 미용실에서 나온 여자의 목소리를 들었다. 개의 이름
은 디디였다.

급한 목소리로 크게 부르는데도 커피숍 앞을 지나가고 있
던 개는 벽 위를 걷는 그림자와 함께 건너편 주인을 돌아보
지도 않고 가던 길을 갔다.

야쿠르트 아주머니와 세탁소 아저씨, 빵집 미스 김이 들
었던 목소리를 나는 들었다.

미용실에서 나온 여자의 디디 부르는 소리는 아직 이어지
고 개는 늘 위험한 곳만 다니는 그림자처럼 여덟 시 오 분의
시간 속을 걷고 있다.

개의 시간 속으로 막 기차가 지나간다. 키가 큰 플라타나
스가 몸서리를 친다.

'순종황제 장례식' 다큐 만들기

한미에프티에이로 어수선한 거리를 걷다 보면 필름이 툭
툭 끊어진다.

어디에서부터 잘못 되었나 찾아보려 해도 밤사이 새로운
간판을 달고서 낯선 얼굴을 내민

거리에서는 기억을 잃는다.

안내서조차 수정본이 넘쳐나 도대체 어디에서 기억이 끊
어졌는지 몰라

나는 졸지에 관광객이 된다.

수첩 하나 달랑 들고 체머리를 흔들며

내 흔적이 웅크리고 있을 그림자를 찾아 거리를 쏘다니다가

단성사에 이르러 동학 교주 최시형이 시해된 팻말을 발견
하고는

오도 가도 못하는 관광객으로 멍하니 북쪽을 바라보니 창
덕궁이 가물가물하다.

체머리를 끌고 창덕궁 쪽으로 가는데

얼굴 없는 울음과 함성이 귓전에서 파도친다.

끊어졌던 필름이 두서없이 나타나고 있겠거니,

돈화문 앞에서 한 풍경으로 선다.

절름발이 하나가 느릿느릿 교차로를 건너 단성사 쪽으로

내려간다.

뒤죽박죽이 된 필름 속에서 내 생애를 찾듯 창덕궁의 연혁 속을 헤매는데

'지난날의 병합 인준은 강린이 역신의 무리와 더불어 나를 유폐하고 제멋대로 한 것이므로 이를 파기하기 위하여 조칙하노니'*

황제의 거친 숨결이 숨은 그림처럼 안내서 속에 얼룩져 있다.

일본여자들이 〈겨울연가〉 제작 현장을 찾아 왁자하게 올라가는 중앙고 쪽에서

유심사에 있던 만해가 아이들을 끌고 체머리를 흔들며 온다.**

'언뜻언뜻 보이는 푸른 하늘'을 따라 가까스로 끊어진 필름을 찾는데

기억은 유실된 채 괄호로만 덩그렇다.

나는 언제까지 체머리를 흔드는 관광객일 뿐이어야 하는가.

거리는 나날이 더욱 어수선해지고 있는데

---

* 조선 마지막 황제 순종(재위기간1907~1910)이 운명(1926)하기 직전 남긴 유언이나 발표되지 못했다.
** 순종황제 장례식 때 교문 앞에서 유심사를 운영하던 만해의 영향을 입은 중앙고등학교 학생들이 6·10 만세 주역이 된다.

우표수집

우표수집에 열을 올렸다. 우체부 아저씨는 안드로메다 우표를 나에게 약속했지만
날마다 빙그레 미소만 지을 뿐이었다.

동네는 경보음으로 가득했다. 아버지는 시장바닥에서 술을 마시면서
돈도 되지 않는 거짓말을 모아 집에 들였다.
아버지의 거짓말로 집안은 늘 어수선하여
어머니는 빗자루를 들고 거짓말을 청소하느라 허리가 휘었다.
가끔은 어머니의 빗자루 끝에서 별들이 술렁거리기도 했다. 그때
어머니는 후라이팬에 거짓말을 튀겼다.

비가 유골을 드러내며 마을을 휘저었다. 그런 날이면
빗속에서 안드로메다를 본 듯도 해서 우체부 아저씨를 기다리는 내내
먼 우주의 바다로 보낼 내 생을 보자기에 싸느라 골몰했다.
우체부 아저씨는 동화 속의 사슴처럼 불쑥 나타나서는

나비 우표를 붙이면 될 거야, 하고는 혜성 꼬리를 달고
사라졌다.

　나는 아저씨의 꼬리를 놓치지 않으려고
　우표 책을 한 장 한 장 넘기며 터키와 인도, 그리고 이집
트 우표 속에서
　안드로메다로 가는 길을 찾으려 애썼다.

아버지의 거짓말이 별 과자가 되는 날
우표 책 속으로 들어가면
먼 우주에서 무수한 별들을 돌아 내게로 오는 종소리가
비의 유골에 부딪혀 챙그랑거렸다.

녹아웃마우스

나는 박사의 마스크 안에서 무사하다.

박사는 무균처린 된 나의 뇌파를 주물럭거린다. 한 마디의 말도 뱉지 못하게 하려는 심산이다.

나는 박사를 속이려 해 보지만 박사는 절대 속는 법이 없다. 내 언어파의 신경이 끊어졌다 이어졌다 한다.

나는 날마다 알약 같이 둥근 세상 속에서 뒹군다. 박사가 처방한 세상은 쓰지도 달지도 않는 무균의 시간이다.

나는 맵시 있게 동그란 허공을 헤매다가 잠이 들곤 한다. 박사는 그런 나를 보며 안심한다.

박사는 나를 자신의 마스크 안에서 돌본다. 박사가 계획한 우주 안에서 한 번도 폭발한 적 없이 나는 박사를 위해서 잘 지낸다.

박사는 나에게 하고 싶은 말을 논문 속에 감춰 버린다. 박사의 논문은 마스크 밖에서만 읽힌다. 나는 논문의 제목조차 알지 못해 두통이 떠나지 않는다.

박사에게 가르쳐 달라고 투정을 하면 약에 먼저 적응하라고 해서

약을 먹을 때마다 까무러치고 까무러치니 내 자신이 늘 부끄럽기만 하다.

도루코 면도날

어머니는 시간만 나면 나를 괴롭혔다.

"네 인생은 덤이야. 그때 낙태를 하려고 했어."

어머니는 그때의 사연에 대해 한 마디도 해 주지 않은 채 내 생명을 희롱했다. 그리하여 날마다 탯줄을 칭칭 감고 대문에 목매달고 있는 사내를 본다.

대문 위는 늘 위태롭다.

견디다 못해 반응기에 내 영혼을 넣고 온도를 최대한 높인다. 한계 온도에 이르면서 반응기가 점점 비명을 지른다.

낯선 영혼이 떨고 있다.

불완전 연소!

불완전한 영혼에는 눈이 없다. 새로 구입한 고농도의 단백질을 첨가하여 다시 고온으로 가열한다.

비명보다 간단한 흐느낌이 흐른다.

소포가 왔다. 먼 과거의 어머니가 보낸 소식이다. 어머니의 과거가 위험하듯이 나에게 온 소포 또한 위험하다.

안으로 핏물 뚝, 뚝, 흘리며 있을 혼을 뜯어보지도 못하고 잊어버리기라도 한 듯 구석에 처박아 놓는다. 잠도 자지 못하고 몇 밤을 보낸다.

　　마음 구멍까지 막아버리고 짐짓 태연한 척하면
　　포장지를 뜯는 낯선 울음 한 마디
　　잘못된 어머니의 웃음인가 불완전 연소된 영혼인가.
　　소포에서 안테나가 돋는다.

K
– 프란츠 카프카에게 바침

K를 떠나지 못하고 있다. K에서 이제 가족이라고는 물고기 한 마리밖에 없다. 새가 되고 싶어 하는 물고기

K에 불시착한 뒤 물고기는 바다 꿈에 사로잡혀 있다.

물고기를 위하여 K를 떠나야 한다. K는 지문의 끝, 부서진 난간에 걸린 해처럼 지도에 없는 도시다.

완벽한 보완의 도시, 도서관과 인터넷으로 무장한 K에서 내 물고기는 새를 꿈꾸는 것조차 들키고 만다.

물고기를 위하여 K를 떠나야 한다. 도시의 심전도를 읽을 수 있는 도서관의 비밀스런 문서를 빼낼 기회만을 엿보며

시그마 빌딩에서 잔고 바닥난 신용카드처럼 깊이 숨어 있다가 창문을 통해 종이비행기를 날린다.

물고기의 꿈을 가득 실은 채

산돼지처럼 어디에서도 안주하지 못하며 내 그림자들이 꾸미고 있는 속임수를 따라

물고기를 닮은 눈동자를 빛내면

바다를 가장한 스타벅스에서 사이렌이 울린다. 무균처리된 도시를 벗어나기는 힘들 것 같고

물고기에게 바다 냄새라도 맡게 하려고 도서관 깊은 곳 창가에 서면 창밖에 목매달고 있는 무수한 편지들

저 멀리 십자가를 주렁주렁 단 교회들이 엉금엉금 걸어오고 있다. 소독내 퍼진 하늘이 파랗게 질린다.

K는 우주의 어느 은하를 떠돌고 있느냐. 지금 내리고 싶다.

사격클럽 안내책자 한 귀퉁이에서 안락사한 물고기

낯선 남자의 아이를 낙태한 후
동네 건달들이 수없이 건드려도 아이를 갖지 못한
누이는 물고기를 키웠다.

남태평양 어디쯤에서 왔다는 이름도 모르는 물고기를 키
우는 누이
먹이를 줄 때마다 귀향을 약속하며 장난감 배를 띄웠다.
지푸라기와 헝겊과 연필로 만든 작은 배

어머니가 키우는 고양이만 보면 언젠가는 안락사를 시키
겠다고 장담하면서
킬러가 되고 싶어
사격클럽에 응모하지만 한번도 연락을 받은 적이 없는
우울증에 시달리는 누이

제 안에 바다가 있어 늘 썩은 생선 냄새가 나는 누이
바다를 베고 자기도 하고 토막 내 물고기에게 먹이기도
하고
저녁 무렵 고요한 물고기의 시간에 배를 띄우면서

애기 울음소리를 내는 고양이를 죽일 기회만 엿보다가

놀이공원에서조차 총을 쏴 본 적도 심지어는 만져본 적도
없으면서 탕, 탕, 탕
실눈을 뜨고서
손가락 총을 쏘는
누이는 남태평양으로 여행을 떠날 수 있을까.

2부

샤도우 문

배우 옥소리가 간통으로 고소를 당했다. 나는 도쿄로 도
망쳐야 한다고 생각했다.

이웃집 형은 직장을 잃고 개 사냥꾼으로 나섰고 친구 동
생은 서른 살이 넘었는데도 장난감이나 들고 다니며 공원에
서 하루를 보내고 왔다.

우리 동네 풍경은 더 이상 숨 쉴 곳이 없어 새들도 아침이
면 와서 울지 않는다. 나는 도쿄로 도망 갈 날짜만을 달력
에다 계속 바꿔 단다.

오늘은 선배를 따라 한강으로 갈 생각이다. 선배는 또 다
른 세상을 찾을 수 있을 것 같다며 눈이 휘둥그레질 돌을 발
에 묶고 강바닥으로 내려간단다.

나는 곧 도쿄로 가야 한다고 변명한다.

아침이면 해는 샛노랗게 떠오르고 담쟁이가 우울한 한
밤을 풀어헤치기라도 하려는 듯 담장에서 고개를 살랑거리
지만

개를 한 마리도 잡지 못한 형이 정육점으로 기름 덩어리
를 얻으러 가는 소리가 또 다시 들리고

친구 동생이 골목에서 장난감을 굴리는 소리가 하루를 두드린다.

나이가 들었는데도 앳된 옥소리는 카랑카랑하다. 나는 다음 주에는 꼭 도쿄로 도망치리라 다짐하면서
선배가 돌멩이를 발에 묶고 강바닥으로 내려가서 올라올 수 있을지 아니면 새로운 세상을 찾을지 궁금해서 창문을 소리 나게 열어본다.
하늘은 금세라도 무슨 말을 뱉을 듯하다.

순환기장애로 시달리다

이른 아침에 집에 들어가면 숨이 막힌다. 식구들은 나에게 말조차 걸지 않는다.

유령처럼 혼자서 집안 여기저기를 배회하다가 내 방에 스스로 유폐된다.

창문조차 점점 위로 올라가 버린 방안에서 어둠을 삼킨다. 뱃속이 내내 캄캄하다.

말을 걸어줄 인형조차 없는 방안에서 우두커니 앉아 무엇을 해야 할지 모르고

눈만 굴리면서 밤새 떠돌던 거리를 뱉는다.

가느다란 생애가 끊어질 듯 겨우 지탱하고 있는 스토리엔

우울한 불빛만이 반짝일 뿐이어서

나는 전기의자에 앉은 것 마냥 혼몽해진다.

깜박깜박 하는 내 생애의 스토리를 저 혼자 이어주는 것인가.

잠이 들었다가 깨면 텔레비전이 나를 지켜보고 있다.

사탕이 먹고 싶다.

위로 올라갔던 창문은 더 높이 올라가 버리고 인기척도 없는 방안에서

텔레비전은 내 생을 계속 이어주며 가끔 말을 걸어준다.

몸 여기저기에서 안테나가 마구 돋는다.

속이 울렁거리고 메슥거린다. 정로환을 먹어 보지만 엉킨 생이 쉽게 풀릴 것 같지 않다.

소리를 질러본다.

먼 과거에서 불쑥 날라 온 돌멩이 하나로 이 지상 한 지점에 유폐된 나를

텔레비전이 창밖으로 전송한다.

부디 내 이름표가 달린 사연이 누군가의 눈과 귀에 닿길

빨간 풍선

옛날 영화만을 상영하는 극장의 옥상에서 준은 장기를 팔
아 산다.

장국영의 골수팬인 준은 처음에는 장국영의 장례식에 가
려고 간을 팔았다. 그리고 이 핑계 저 핑계로

위와 폐 한 잎까지 옛날 영화 속 배우들에게 넘기고는 녹
슨 갑주를 입은 패잔병처럼 철거덕거리다가

마지막 남은 목울대를 팔 것인가 말 것인가를 고민하면서
옛날 영화 속에서 산다.

주인공은 한번도 해 보지 못하고

준이 모조장기를 덜렁거리고 있을 때 몸을 파는 수가 가
끔 철거덕거리는 영화를 보러 온다.

수는 준의 단 하나의 손님이고 마찬가지로 장국영을 좋아
하는 옛날 영화 속의 일회용 배우다.

손님 받을 방 한 칸도 마련하지 못한 수를 욕하면서도 준
은

한밤의 끈적끈적한 에로 필름을 편집하느라 수의 옷을 벗
긴다.

밤이면 극장에서는 피브이시 필름에 묻은 귀신이 활극을 해서

귀신을 잡으려고 극장주가 무당 예를 들여앉혔는데 예는 사실 오갈 데 없는 사람이다.

예는 밤마다 귀신을 잡는다며 스크린이고 객석이고 화장실에다가 먼 강을 업고 와서는 부려 놓으니

극장에서는 빨강 강, 파랑 강이 꼬물꼬물 물소리를 낸다.

스크린을 떠도는 물소리!

무당의 인생만큼 질긴

극장에서는 밤새 강 이야기가 철석철석 댄다.

장국영 영화 속에서 사는 준은 무당 예 때문에 결국 극장이 문을 닫게 될 것이라고

목에 핏대를 세운다. 운명의 목울대를 팔아야 할지도 모른다는 생각을 하며

수가 몸을 팔아서 준의 목청을 지켜주겠노라고 하지만 준은 수를 한번도 믿어 본 적이 없다.

무당 예의 강물이 흘러넘치는 옛날 영화 속에서 더 이상 장국영을 찾을 수 없을지 모르니

예의 강물을 끊어내 버려야겠다는 생각으로 수의 눈썹 같이 뾰족한 도끼를 들고 막, 옥상에서 내려가려 할 때

오빠, 저기 하늘을 봐! 빨간 풍선이야.

네 눈에는 저게 풍선으로 보이냐, 저건 촛불이야! 무당 예가 미쳐 가고 있는 거야. 사과네. 저건 거짓 달이야. 오빠, 사과촛불인가.

아니야. 내 심장이야.

얼굴

얼굴이 펄럭인다.

빨랫줄에 걸린 얼굴이 펄럭인다.

비를 맞으며 얼굴이 펄럭인다.

다듬이질 된 얼굴이 빨랫줄에서 펄럭인다.

열병에 부황 든 얼굴이 공중에서 펄럭인다.

한 끼의 밥도 먹어 본 적이 없는

빼빼 마른 얼굴이 빨랫줄에 걸려 비를 맞고 있다.

몇 날 며칠을 그렇게 비를 맞고 걸려 있었는지

냄새도 없고 기척도 내지 않는다.

둥둥 떠다니기도 하고, 공중에 단단히 묶인 채, 한 마디
의 표정도 없고, 머리띠 묶은 태양을 한번도 본 적도 없는,
압축공기를 푸우 불어주면 금세라도 하늘로 둥둥 떠갈 것
같은

얼굴이다.

바람에 찢긴 듯 눈보라에 갉힌 듯

아랫목에 누워 술주정하던 아비의 얼굴, 오월의 금남로에
서 본 듯한 얼굴, 산으로 도망간 빨치산의 얼굴, 빚쟁이 얼
굴, 시험에 떨어진 소년의 얼굴, 오백 원짜리 동전의 얼굴

바람 불어 생긴 얼굴이다.

그 얼굴을 위하여
무당이 열흘하고도 닷새 굿을 하였지만
그대로 빨랫줄에 걸려
세상 속으로 끌어내릴 수가 없다.

* 박진화 화가의 「철조망에 걸린 도깨비」에서 착안하다

김일성, 그리고 트랜지스터

너, 너, 너는 누구냐. 여기가 감히 어디라고 요망한 귀신이 허튼 짓이냐. 사또, 사또께서 이 여인의 복수를, 지지, 지지직, 어버이 수령 김일성 동지께서는 다음과 같이 교시하셨다.

빨리 틀어. 날씨가 안 좋으니까 라디오도 말썽이네. 찌홍 찌홍 찌홍 후후홍, 억울하게 죽었습니다. 사또께서 이 원혼을 풀어주신다면, 미제의 앞잡이 남조선 괴뢰는 통일을 바라는 조선인민의, 찌이이홍, 찌홍찌홍, 아, 그러니까 유신헌법은 한국적 민주주의, 어디를 틀어.

주파수가 잘 안 맞아서 그래. 미제는 조국을, 본시 집안이 가난하여 어버이와 단란하게 살아가고, 치지직, 치이이익, 이러다 날 다 세겠네. 어이, 황새, 내일 일 나갈 건가. 몰라, 어서 틀기나 해. 듣기는 다 글렀어. 어, 이놈의 날씨 덥네.

우리에게는 우리식의 정치와 민주, 찌홍, 뚜르르르, 지직, 내일 선거 갈 거여. 몰라, 우리 같은 놈들 찍어 봐야 뭐 할 거여. 찌홍, 지지직, 부엉, 부엉, 우후홍, 지지직, 찌-, 위대한 수령 김일성 동지께서는

오늘은 주파수가 안 맞구만, 그만 집에 갈라네, 내일 보세.

익사하는 지구

니체를 읽다가 머리가 어지러워 밖엘 나가면
서울은 캠페인의 도시. '고'와 '아웃'이 적힌 피켓들이 자
라고
모든 이단들이 거리를 점령하고서 한 방울도 안 되는 말
들*을 뱉는다.
사막을 건너다가 잃어버린 밤의 문서들
나는 죽은 문서들을 전혀 읽을 수 없어 거리에 갇힌다.
날마다 바느질 되는 하늘
번역할 수 없는 두통 위에 올라선다.
철분이 부족한 이처럼 고독 속으로 달아나지** 못하고
승동교회와 대각사 사이 보석상 거리에서 목적지를 잃어
무게도 없이 온 길을 가고 간 길을 온다.
보석상점을 기웃거리다가
니체의 촛불을 켜고서도 '고'와 '아웃'의 플롯이 가늠되지
않아
철렁철렁 갑주 부딪히는 소리를 내며 나뭇잎들이 읽는
이단의 문서에 귀 기울인다.
썩은 생선 내가 난다.
악세사리를 주렁주렁 걸치고 기분이 좋아진 척 한다.

어린 시절 잃어버린 강 한 바닥이 공중을 떠돈다.

나는 가로수에게 거짓말을 했다. 사람들의 침에는 독이
있다고

* 비트겐슈타인의 '한방울의 문법'
** 니체의 『짜라투스트라는 이렇게 말했다』

정원

달이 둠벙에 돌을 던지러 간 사이 나는 거짓말을 정원에
묻었다.

너는 왜 아무리 먹어도 살이 찌지 않니, 어머니들은 고개
를 갸우뚱했다. 나는 거짓말을 감추고 있어서 그래요, 하려
다가 표정을 버렸다.

어머니 몰래 수음을 할 때처럼 정원에 거짓말을 묻는 것
은 참, 아슬아슬하다.

꽃나무들 사이에 수음을 닮은 거짓말을 묻고 아침에 일어
나 보면 잡초들이 무성하게 거짓말 위에 자라고 있었다.

어머니가 아버지를 욕하면서도 아버지의 성기를 받아들
인 다음 날 아침

나는 밥상머리에서 어머니 표정을 몰래 훔쳐보며 내 거짓
말의 흔적이 얼마나 소리치지 않고 있을 수 있을까를 생각
했다.

나는 거짓말을 정원에 묻었다.

어머니의 표정을 닮은 거짓말은 정원에서 잡초처럼 저 홀
로 자랐고

나는 더 이상 살이 찌지 않았다.

어머니들은 너는 커서 뭐가 될래, 라며 키득거렸다. 그런 날 밤

달은 내 거짓말을 퍼뜨리느라 둠벙에서 첨벙거리고 있었다.

가끔 낮이면 매미가 울거나 낯선 벌레들의 울음소리가 거짓말 위에서 들릴 때면 가슴을 졸였다.

날이 흐렸다. 내 거짓말이 더 이상 들키지 않아도 되리라고 생각했다. 그때부터

나는 정원을 쳐다보지도 않았지만

나이를 먹어도 살은 찌지 않아

어머니들은 내가 결혼해서 아이를 낳을 수 있을까 걱정했다.

둠벙에서는 달이 나의 거짓말을 퍼내고 있었다.

무서운아이들

   일기예보를믿다가우산을챙기지못한날옷속에서잃어버린
바늘을찾느라온맘을빼앗기고있는데어디선가'애자아냐'"쩐
다'고한다한밤에잃어버린바늘을찾다가아이들에게'낚였다'
'야옹'아이들이야옹이울음에바늘을꽂는다'애자됐다'"쩐다'아
우성이다야옹이의울음은바늘이되어공중으로흩어지고동그
란하늘에서는바늘비가수학적계산없이날린다점점어두워져
가는하늘이혼몽해지고어디에선가떨어지는웃음소리에위를
올려다보니쩐아이들이병아리를날리고있다파문일며날으는
애자가머리위로내리꽂고있을때잃어버린바늘을머리속에서
발견하고야말았다뉴턴은'애자'됐다멀리서아이들이몰려가며
'쩐다'

홍살문

예수가 악령에게 돼지우리로 들어가라* 명하지만
악령은 말을 듣지 않았다.
서울은 폭파 전문가와 뚜쟁이, 똥고집, 협잡꾼이 넘쳐났고
두 패거리, 세 패거리 사람들이 서로 '귀신아 물러가라'라
고 삿대질을 했다.

시끄러운 거리에서는
나도 모르게 몽환 속으로 빠져 온몸에 독이 오른다.
하드코어 펑크처럼 시끄럽게 똥땅거리는 거리를 피해 도
서관으로 숨어들어
책을 펼치니
독 묻은 페이지다.
책조차 싸움하는 시대

도망 갈 곳을 찾지 못하여 들어간 빈터
사냥꾼들이 득실거리는
남의 꿈속을 기진맥진 떠돌다가
밖으로 나와 돼지 떼를 찾지만
돼지들은 이미 산으로 올라가 버렸고

사람들의 고함소리가 파 놓은 구덩이가 산재하여 걸어 다
닐 수도 없다.
허공을 바라보니
십자가들은 더욱 높이 올라가고
얼굴을 보인 적 없는 사람들이 아는 체를 한다.
나는 결국
패거리들 어디에도 끼지 못한 채 몽환 속에서 독을 키운다.

저 멀리서
예수가 십자가를 분질러 큰 문을 짓고 있다.

* 누가복음 8장 32절

아내는 외과의사다

바늘로 고둥을 까듯이 아내는 내 속을 까 버린다.
바늘 자국이 선명한 목 언저리에서 무슨 말인가를 뱉고
싶어도
날카로운 아내의 눈빛에 허우적대는 사념들이 탁자 위에
서 벌벌 떨고 있다.
자기장을 잃은 뇌에서 부적절한 화학물질이 무수히 생
긴다.

바늘을 늘 날카롭게 가는 아내는 나를 충분히 위태롭게
한다.
마취주사도 맞지 않은 내면에서 피가 흘러도 거즈나 붕대
를 준비할 수 없으니
생은 늘 선혈로 낭자하다.
창문이 꽁꽁 닫힌 방안에서 호소할 길이 막막하여 최후를
맞이할 시간을 기다리며
내가 나를 내려다보고 있으면
아내는 큰 병원에서나 쓰는 수술용 가위를 들고 철학이나
문학이 생길 법한 신경세포를 찾는다.
나는 짐짓 생활을 한껏 내보이려 애쓰며 아내에게 하소연

하여 본다.

　아내는 곁눈조차 주지 않은 채 그 무서운 가위로 내 안 곳
곳을 헤집는다.
　내가 생활, 생활, 하며 명랑을 가장해도 아내는 절대 속
는 법이 없다.
　뇌에서는 화학물질이 점점 쌓여가 더 이상 아내를 속이는
일은 불가능할 것 같다.

토스트

갑자기, 정말 갑자기 머리에서부터 전기가 일더니 생각조차 뒤죽박죽이 되어 몸 아무데서나 쥐가 돌아다닌다. 큰 쥐한 마리, 두 마리, 쥐, 쥐, 쥐, 배고픈 쥐, 양극을 더 높여야겠다. 음극도 따라 높아간다. 부하가 높아갈수록 쥐들은 뇌를 휘젓는다.

송만갑의 쑥대머리에 귀신형용을 한 쥐들이 웃는다. 한시대의 유적지를 배회한다. 볼륨을 한껏 높인 풍경에서 방전된 사나이가 간단한 생의 지도를 쳇바퀴 돈다.

멀리서 사이렌 소리가 들린다. 쥐들이 경고음을 보내는신호다. 생의 콘센트를 뽑아야 한다. 변심한 어머니는 내안에 없다. 각혈처럼 가끔 오는 여자도 오지 않는다.

크레바스로 끝없이 추락한다. 쥐들이 먼저 울부짖는다. 송만갑이 운다. 목이 마르고 쥐들을 노리는 뱀들이 사지에서 머리 쪽으로 헤엄쳐 올라온다. 쥐들은 절대 도망치지 않는다. 세상 너머에서 시간을 거스르는 쥐들은 생각의 파편으로 변심한 채 뱀들을 속인다.

비상용 어머니가 머리를 만지더니 혀를 끌끌 찬다. 어머
니의 혀끝에는 달콤함을 가장한 박사처럼 고압 전류를 어루
만지는 어뎁터가 있다.

소경과 앉은뱅이 문답*

거기에 바다가 있더라구.

바다?

응, 바다! 아, 바다… 바다….

바다가 어디쯤 있는데, 말해 줘. 어서 말해 줘. 난 말을
듣지 않으면 살 수가 없어. 눈이 자꾸 간지럽단 말야. 물이
누워 있는 곳에서 별들이 태어난다는데 정말 별을 봤어? 달
도 봤겠네. 달이 첨벙거리며 물 위를 걸어온다는데….

바다…, 아, 금가루를 뿌려 놓은 것처럼 반짝이는 물결
위로 찍히는 달의 발자국, 천상의 종소리야.

아, 바다…! 바다에 가 봤으면…. 바다에 가서 달을 보는
게 소원이야.

근데, 너 여자 배꼽을 본 적 있어? 난 말야, 그 달을 보고
는 여자의 배꼽이 생각났어. 물 위로 스르르 걸어와서는 종
소리 마냥 쿨럭, 소리 내고는 사뿐 내려앉지. 아, 아직도 내
가슴이 쿨럭, 소리를 내는 것 같아.

근데, 냄새는 있어, 혀로 핥을 수도 있는 거야? 바다…,
바다…, …, …, …! 빨리 말해 줘!

…, …, …, ….

왜 갑자기 말을 끊는 거야. 내 눈이 갊히는 것 같아. 어서

말해 줘! 나도 바다에 갈 수 있을까?

너는 앞을 볼 수 없잖아. 너는 가도 소용없어.

만져볼 거야. 너는 바다에 가 본 적 있어? 네가 바다에 갈 수 없다는 걸 나도 다 알아.

난 아직도 바다를 잊을 수가 없어. 거기에 가면, 거기에 가기만 하면….

네가 그렇게 가보고 싶어 하는 바다, 나와 함께 가면 안 돼? 그런데 거기에 바다가 있다는 걸 누구한테 들었어?

아냐, 난 바다를 봤어. 산 너머 달이 목욕을 하느라고 첨벙, 소리가 나지. 정말 꿈같기도 해. 찰방거리는 물결 위로 달이 종소리로 걸어오는 바다를 봤어.

숲에다 똥을 누고 개울물로 휘휘 닦아버리는 산사의 종소리가 아닐까.

맞아. 산사의 종소리가 닿는 곳에 바다가 있어.

아, 달이 건너오는 물을 만져보고 싶다. 가자, 어서 가자. 지금 서둘러 가자.

* 〈소경과 앉은뱅이 문답〉 제목은 개화기 때 작자 미상의 작품에서 차용하고, 착상은 메테르링크의 희곡 『맹인들』에서 비롯함

로깡땡*의 일기

　의사들은 모두 시위 현장으로 가 버렸다.

　독감 걸린 눈을 억지로 끌고 병원에서 나와 의사를 찾아 시위 현장으로 가는 길에 지하철을 타니 노약자석에는 수상한 표정들만 켜켜이 쌓여 있다.

　거리는 이미 피 묻은 부리를 한 비둘기들이 점령해 버렸고 건강한 사람들은 모두 햇빛을 피해 지하로 숨었다. 노려보는 비둘기들에게 눈을 조심하지 않으면 안 된다.

　의사들의 시위 현장을 찾기 위해 핸드폰을 여니 어느 교회에서 축복을 약속한다.

　교회에 의사도 있나요.

　종로에서 광화문 쪽으로 걸어가는데 흰 가운을 입은 사람들이 영어로 된 피켓을 들고 행진한다. 건물마다 환자복 무늬의 창문이 걸렸다.

　의사 선생님이시죠?

　벌써 의사를 찾는 이들이 거리에 넘친다.

　우리 쥐들을 못 보았나요? 실험실의 쥐요. 모두 탈출하고 말았어요.

　연구실의 박사들이다. 실험실의 쥐들이 모두 의사를 따라

59

간 모양이다.

비둘기들이 있는 곳에 쥐들이 있을 거예요.

길 건너편으로 노숙자들이 '예수천국, 불신지옥'이라는 피켓을 들고 행진한다.

노점상들이 히죽거리며 박수를 판다.

환자복을 입은 사람이 지나가며

의사가 없다면 예수를 찾아줘요! 부처도 괜찮아요.

눈빛은 이미 한 마디의 생을 넘어섰다.

의사들은 어디쯤 가고 있나요?

가리키는 손가락 끝에서 의사가 낙오했다. 의사는 청진기와 반창고를 꺼낸다.

청진기를 받아요. 시트가 하늘에서 펄럭이는 게 안 보이시나요.

하늘을 올려다보니 펄럭이는 시트가 구름처럼 내내 훌쩍인다.

엉겁결에 청진기와 반창고를 받아들고 오도 가도 못하고 만다.

저 멀리 비둘기들이 뒤뚱거리며 걸어오는 길로 흰 가운들

이 알아들을 수 없는 구호를 외치며 피켓을 올렸다 내렸다
한다.

의사들을 찾아야 한다는 일념으로 빨리 걷는다. 하얀 가
운들이 보인다.

선생님!

레그혼이다. 알을 낳다 말고 거리로 뛰쳐나온

주체할 수 없는 갈증이 인다.

레그혼을 붙잡고 청진기와 반창고를 부탁한다.

하늘에는 바느질 자국이 선연하다. 시트들로 뒤덮인 하늘
을 누군가가 꿰매고 있는 것이다.

빗방울이 재봉틀 소리를 내며 바느질을 하고 있다. 세상
을 바느질하는 비!

상처 많은 구름은 거리 곳곳에서 펄럭이고 가위질 당한
곳마다 빗방울은 재봉질을 한다.

그때 얼굴 없는 누군가가 귀에 대고 속삭인다.

장기 삽니다. 간은 천만 원 이상, 폐는 오백만 원 이상,
위장은 삼백만원 이상…. 생각 있으면 따라와요.

뒤를 돌아보니 아무도 없다.

내 간은 얼마나 할까? 가격을 생각하니 소름이 끼친다. 성조기가 펄럭거리는 광화문 뒷골목을 두리번거리다가 거리의 뒤편에 있는 나의 도서관 〈치킨호프〉로 간다.

오백 시시 한 권에 치킨 하나요.

치킨이 모두 거리로 나간 줄 모르시나요?

도서관에서 늦은 밤까지 공부하다가 생애에 실컷 취하기는 예삿일이다. 집에 가면 처방전을 받아오지 못했다고 또 야단을 맞을 것이다.

알 하나도 품지 못한 주제에….

독감으로 쓰러지기 전에 조치를 취해야 할 텐데….

집으로 돌아가는 지하철 안에서 호프집이나 들락거리는 내 장기의 가격의 합을 아무리 계산해도 답이 나오지 않으니

내일 다시 가 봐야겠다. 성조기가 꽂혀 있는 새들의 무덤이 있는 곳으로

* 사르트르의 소설 『구토』의 주인공

3부

무두인無頭人*

비타이유를 읽는다. 어머니는 고양이 뼈로 만든 공장에서 야광귀로 일했다.

나는 철사꽃이 핀 공장 담 앞 헌혈의 집에서 어머니를 기다리며 피를 뽑는다.

공장의 컨베이어벨트 돌아가는 소리가 쟁강쟁강 들리는 담벼락에다

제웅처럼 목을 걸어두고

어머니의 무사한 귀환을 고대하며 금줄에 컥컥 막히는 숨을 고른다.

새 부리를 단 얼굴이 철사꽃처럼 피어 있는 고양이 뼈로 만든 공장에서

어머니는 돌아오지 않고

용이 내려와 알을 낳고 간다는

우물에서 어머니가 죽었다는 거짓말이 떠돌았다.

누이는 머리 없는 부처에게 기도를 하러 가고

나는 얼굴도 없이 바타이유의 독으로 가득 찬 페이지를 읽는다.

한 마디도 이해되지 않는 바타이유 속에서 기진맥진한 채
책에다 한국어를 덧칠하는데
히스 레저가 죽었다는 소식이 들린다.
나는 돌멩이 하나를 목에 걸고 걷다가 뒤를 돌아보지 말
라는 말을 잊어버리고
공장을 돌아보니
얼굴 하나 제웅처럼 대롱거리고 있다.

* 조르쥬 바타이유는 반파시즘을 제창하며 『Acephale』을 창간했는데 표지
  그림이 머리 없는 사람이다. 또한 중국 신화 속 인물 형천形天이 절대
  권력인 황제와 싸우다 목이 잘린 채 계속 싸운다.

레퀴엠
– 아무것도 아닌 자들의 도시에서 사람들은 운명을 믿는다

아버지 없이 태어난 아이들의 운명을 점쳐 주는
새들은 무당의 집으로 날아가고
먼 과거에서 유괴되어 온 무당은 수족관 송어처럼 입만
벙긋거리며
진흙으로 만든 사람을 가리킨다.
(아무 것도 아닌 시간 속으로 물방울이 떨어지고
누군가 스위치를 눌러대는지 어둠 속에서 불빛이 성급하
다.)

시간의 밖에서
산은 가사상태에 빠졌고 강은 진물을 흘리고
빗방울인 듯 사람들의 눈동자가 쏟아져 내린다.
공장에서 찍혀 나오는 이주민들이 곳곳에서
벤치에 따개비처럼 앉아 공간 이동에 대한 논쟁 때문에
도시는 독백이 모래알처럼 쌓인다.
(산소호흡기 속 환자의 숨소리가 점점 거칠어지고
트럭이 비탈길을 힘겹게 올라간다.)

이웃집의 죄를 견뎌야 하는

진흙으로 만든 사람이 마르께스의 소설 속 인물처럼 이름
을 바꿔 달며
벽 속의 시간에서 걸어 나와
격추된 새들의 시체를 묻어준다.

아무것도 아닌 자들의 도시에서
어머니들이 어린 아이들에게 추잡한 욕을 한다.
(아무 것도 아닌 공간 속으로 화재비상경보음과 함께
쉰베르크의 피에로가 달에 홀려 거리를 질주한다.)

아르누보풍의 봄

갈 곳도 오라는 곳도 없는 날에는 클림트 그림을 보러 간다.
소공동 지하도를 따라 무엇인가 살 것처럼
일본어가 가득한 가게를 하나씩 섭렵해 간다.
지하철 1호선과 연결되어 있는
프라자 호텔 지하 미술관에 도착한다.
세상의 복제품들이 모이는 공간
박수근도 있고 김홍도도 있지만
유독 클림트 앞에서 걸음을 멈춘다.
관능의 모자이크 속에서 한 사내의 꽃밭으로 들어가려
자판기 커피 한 잔 속에 앉는다.
희미한 전등이 내 감상을 왔다 갔다 하며 거든다.
호수가 있는 숲길을 걸어요, 양귀비 밭에서 세상을 헐렁
하게 해 보세요, 달콤하지 않나요.
위조된 사나이도 달콤하나요.
맘에도 없는 말로 대꾸하고는 호텔 로비로 가
주인 잃은 신문지 속에서 다리를 꼰다.
유니폼이 힐끔거린다.
신문지 속으로 따라와 있는 클림트가 거슬리나보다.
십 분도 견디지 못하고 분수대가 있는 잔디밭으로 나와

갈 곳을 찾지 못하다가 멀리 하늘을 바라본다.

박물관인 줄 알고 와 보니 서울시의회 건물이다.

방청석에 앉아 한참 잤을 것이다.

전깃불이 어깨를 툭툭 쳐 일어나 보니 벌써 집에 갈 시간
이다.

어둠 속으로 파묻혀

이제 정말 할 일이 생긴 듯이 지하도를 달린다.

그날 나는 어디에 있었던가

　그날, 저녁 열한 시 하고도 오십구 분이 막 지나가고 있
을 때
　나는 얼룩소* 나라에서 난민 신청을 하고 있었다.

　이천일 년 십일 월 이십칠 일이었던 것 같다.
　말초신경이 날카로워져 갔다.
　무리에서 쫓겨나 홀로 알타이 지방 사막을 떠돌아다니고
있었다.
　뼈만 앙상하게 남은 먹이를
　새들이 다투고 있는 것을 보며 허겁지겁 달렸다.
　그때 탕! 총소리와 함께 관통한 나의 심장이
　빨갛게 피어나는 순간
　모래 언덕 너머로 달려오는 카자흐스탄 유목민을 보았다.

　분명 이천일 년 십일 월 이십칠 일이다.
　정신을 잃고 쓰려졌던 것만 기억한다.
　아프가니스탄 북부 산간, 총소리가 잠결 속으로 파고들었다.
　탈레반과 북부 동맹이 교전하고 있는 한 중간에
　나는 갇히고 말았다.

자동화기의 총알이 난무하는 그 사이에서 갈 곳을 잃은 채
악, 소리를 지르며 정신을 잃었다.

이천일 년 십일 월 이십칠 일은 더 이상 생각하기도 싫다.
아무데로나 툭, 툭, 부딪치며 걷고 있었다.
누군가 부르는 소리가 희미하게 들렸다.
나는 테러집단 잔자위드에게 강간을 당한 후였다.
해가 기침을 멈추지 않았는데 달마저 욕설을 뱉는
천막 속 먼지 이는 가슴을 두 팔로 안았다.
꿈이겠거니 목이 타오름을 느끼면서
저 멀리서
잔자위드가 눈을 부릅뜨고 쫓아오는 걸 보고는
어머니를 급히 찾았으나
어디에서도 어머니는 떠오르지 않았다.

잠들지 않으려고 풍경을 하나씩 꼬집으면서 나는
얼룩소 나라의 관청 앞 긴 줄 속으로 무너져 가고 있었다.

* 니체의 『짜라투스트라는 이렇게 말했다』

Σ

달이 어둠 속에서 필 때마다
내 눈동자에서 키운 호랑이 한 마리
시그마에 갇혔다. 눈물이 많아 사내가 될 수 없다고 놀림
을 받은 후 키운
호랑이 한 마리
시그마에 갇혔다.

겁 많은 달 속에서 키운 호랑이
한 페이지의 눈물이 흐를 때마다 내 눈 속에서 쑥쑥 자
랐다.
누이는 사내가 울음을 보이면 안 돼, 라고 했지만 눈물
속에서 호랑이를 키웠다. 나는

몸부림칠 호랑이를 찾아 시그마를 헤맨다.
눈물의 경계에서 홀로 경보기를 울리며 호랑이를 찾아 시
그마 속을 떠돈다.
시그마 속에서 기진맥진해 있으면
사람들은 저 혼자 중얼거리기도 하고, 거짓말을 하기도
하고, 인형 흉내를 내거나 공중낙하를 하기도 하고, 차에

뛰어들기도 한다.

  한 마디의 풍경도 뱉지 못하는 빌딩에서 호랑이가 숨어
있을 만한 곳을 찾아보지만
  엘리베이터 게임에 빠진 시그마
  추격자들에게 붙잡혔을지도 모르는 호랑이를 생각하며
북국北國으로 통하는 창문을 아무데나 심어 본다.

볼록거울

악마와 식사한 후
수식어가 가득한 나라에서 망명객으로 살아갈 수밖에 없다.

밤의 혈관 속에서 도둑고양이의 지린내를 맡으며
독백으로 가득한 생을 낭비한다.
외로울 때는 구구단 냄새가 쌓인 주택가를 떠돌다가
침묵의 회의를 열기도 하고
멀리 침 뱉는 놀이에 빠지기도 한다.

한번도 내 나라를 떠나본 적 없는 나는 망명객
설명서가 가득한 얼굴로
변두리에 장난감 병원을 차려 놓고
멸종한 인간처럼 열심히 가계도를 그려보다가
그림자들의 소음을 따라 손가락이 지껄이는 농담에
원시의 고향을 그리워한다.

무료해지면
수도꼭지를 틀어 물처럼 새어 나오는
비둘기떼를 하늘로 날리기도 하고

구원받은 적 없는 교회의 피아노처럼
빈 캔에 입술을 대고 '상투스'하고 속삭여 보기도 하다가
그래도 할 일이 없으면
부적을 만지며 마녀의 동그라미* 안으로 들어간다.

내 나라를 떠나지 못하는 나는 망명객
영혼을 팔 기회를 엿보며
악마와 함께 한 식사 때문에 죽은 마네킹에
인공호흡을 하자
뱃속에서 베토벤이 흘러나온다.

* 괴테의 『파우스트』

북한 핵에 관한 감상

너와 나 사이에 위험한 물건이 있다. 너는 한사코 그 물건에 손을 대려 하지만 나는 너를 말리느라 정신이 없다. 너는 화가 치밀어 나를 밀어낸다. 나는 물러서지 않는다.

금방이라도 폭발할 것 같은 네 얼굴에서 무언의 땀방울이 더 위험하게 떨어지려는 찰라, 꽃은 어떻게 피는가를 생각했다.

위도와 경도의 정확한 지점에 피는 꽃의 스캔들을 추적하고 거리와 진폭, 시간을 연산하지만 답은 소수점 몇 자리로도 떨어지지 않아
위험한 물건은 그대로 위험한 채로 너와 나 사이에 있다.

이렇게 위험한 물건을 버려야 할 것인가, 모른 채 할 것인가. 너와 나 사이에 꽃은 필 것인가.

신神의 아흔아홉 번째 이름

어린 여자가 내 성기를 만지면서 성기도 나이를 먹네요, 라고 속삭일 때 나는 저렴한 물고기야, 변명한다.

시장에서 죽은 척 누워 있는 고등어를 보고 온 후로 시체 놀이를 즐기는 내 성기에게 나는 신의 아흔아홉 번째 이름을 붙여주었다.

어린 여자의 입에서 아내 얘기가 나오기도 전에 내가 먼저, 여왕개미는 테라피룸에 있어, 하다가 다시, 어느 제품으로 바꿔 끼어야 할까, 대담해지면

어린 여자는, 시체 가방 보셨어요. 자크는 잘 열리지 않고 썩은 내는 진동하죠. 영양제를 너무 먹으면 중력을 배반할 수 없어요.

어둠 속에서 잃어버린 쪽지 하나 둥둥 떠다니는데

아흔아홉 번째 이름이 울음소리도 내지 못하고 쪼그리고 있는

처연한 광경 속에서

불쑥, 나는 무정부주의자야, 라고 선언해 버린다.

어린 여자는 영양제를 너무 먹지 마세요, 몽상은 몸을 상하게 해요.

신에게 기도하지도 않고 영양제만 먹고 자란 인형은 시체놀이에 재미를 붙였다.
몽상을 즐기는 바람의 시체 가방을 닫는 자크 소리가 들린다.

쥐 이야기

쥐가 있었는데요, 오백년 묵은 쥐가 있었는데요, 약으로도 잡을 수 없고 덫에도 걸리지 않는 쥐였는데요, 위험한 정부에서는 그 쥐를 잡지 못해서 안달이 났는데요, 쥐의 둥지나 지나다니는 길조차도 파악하지 못하고 있었는데요, 쥐의 둥지에는 케케묵은 칼 냄새와 음란한 문서가 있을 거라고 하는데요

늦은 밤 귀뚜라미나 쓰르라미 울음소리에 귀 기울이면 의친왕*, 의친왕, 한다는데요, 대한제국 의친왕이 건설해 놓은 왕국이 서해 바다 어디에 있다는데요, 오백년 묵은 쥐를 따라가면요, 발자국의 흔적도 없고, 뱃길로도 찾을 수 없는 곳에 있다는데요

다급해진 정부에서는요, 쥐잡기에만 골몰하고 있다는데요, 사람들은 그 쥐가 잡히지 않기만을 바라고 있다는데요, 힘없고 가난한 이들일수록 쥐 이야기를 참말로 믿는다는데요, 밤마다 어두운 골목 끝에서는 쥐들이 의친왕, 의친왕, 하고 운다는데요

---

* 의친왕은 독립운동을 지원했고, 상해에서 독립운동가들이 임시정부의 수반으로서 의친왕을 황제로 추대하려고 했으나 탈출 과정에서 발각되고 만다.

풍경, 아카이브

아버지와 결혼한 걸 후회한 어머니가
마늘밭에서 아버지를 하나씩 뽑고 있을 때
어머니를 하와이 해변으로 옮긴다. 포토샵으로
비키니를 입히고 선글라스도 끼워준다. 물거품을 따라
해변이 파랗게 펄럭인다.
매운 해변에서 어머니는 콜록거린다. 오! 불쌍한 어머니
마늘 냄새를 지운 술잔에 데킬라를 붓는다. 재즈에 맞춘
어머니, 마늘 해변이 울퉁불퉁하다.
멀건 술잔에 갇힌 아버지가 번진다.
가늠할 수 없는 해변의 여인
하늘에다가 무거운 톤을 얹는다. 출렁이는 어머니
어지럼증에 시달린 젊은 아버지를 클릭해 온다.
색다른 아버지, 혹은 빌려 온 어머니
피식, 해변에 웃음집이 생긴다.
어머니, 모조 아버지의 팔짱을 끼고 집으로 들어간다.
아버지였던 아버지를 통 잊어버린 채
거울 밖에서 나는
어머니였을 어머니를 암만 찾으려 해도 적절한 색을 찾을
수 없으니

답답하기만 하여

계절을 바꿔 보기도 하고 해변을 바꿔 보기도 하지만

낯선 풍경 위로 마늘 냄새가 기우뚱거리며 번질 뿐

낡은 지구본

왜 그렇게 결근이 잦느냐고 나무라는 사장에게 항변한다.
나는 매일 출근하여 착실하게 손도장을 찍고 있습니다.
내 부러진 손톱자국이 칸칸에 박혀 있는 것을 보지 못하셨
나요. 지구본에 적힌 사무실에 컥컥거리는 내 흔적들이 보
이지 않으시나요.

당신의 지구본은 낡았다. 날마다 새로운 나라가 세워지고
전쟁으로 없어지기도 하는 것을 모르는가.

어느 정치가가 아직도 전쟁을 일으키고 있어 사무실이 섬
처럼 떠다니나요.

전쟁으로 바늘 꽂을 곳조차 없는 대륙에서 사무실이 한
자리에 머무를 수 있을 것 같은가. 당신의 지구본은 20세기
의 유물이다. 사무실이 한없이 움직이는데 당신은 어디로
출근을 하고 있단 말인가.

소수점

1

낮에 거울집에 들렀는데 거울 속의 얼굴이 꿈속으로 불쑥 찾아와 몸을 달라고 하여 몸 잃은 얼굴이 밤새 끙끙 앓아 아침조차 퉁퉁 붓다.

2

네거리에는 방향이 없다. 방향이 없으므로 오거나 가는 것은 곧 가거나 오는 것이다. 그 가운데에 서 있으면 시간과 공간이 흔들린다.

3

어느 날 남몰래 귀중품을 감추느라고 팠던 곳에 나뭇가지를 꽂아 두었는데 나무에 싹이 텄는지 도무지 표시해 둔 곳을 찾을 수 없다. 지구의 기울기가 달라진 게 아닐까 의심스러워 몸을 아무리 비틀고 물구나무를 서 보아도 흔적조차 없다.

4

한 여자에게서 전화가 왔다. 여자는 내 기억을 되살리려고 애를 썼지만 내 단출한 일기장에는 잉크 자국조차 없다. 기침하듯 에피소드는 생애에 기입되지 않으니 삼류소설보다 더 노곤한 기색만 도처에 있다.

야쿠르트 아줌마가 말했다

그 놈이 그래, 멘스를 하더라구, 아니, 세상에 남자가 멘스를 하는 법이 어딨냐구, 카네이션보다 더 붉은 선혈을 쏟더라니까, 그 놈은 남자 거시기가 없는 게 분명해, 그런데 분명 각시는 있단 말여, 애들도 있거든

글쎄, 아침만 먹으면 그 집구석에서 소리가 짜랑짜랑 나는데 요구르트 리어카를 착 끌다가도 그 집구석에서 나온 소리를 들어보면, 정말 부지깽이 맞은 개처럼 캥캥거리는 것도 아니고, 쥐약 먹은 닭처럼 휘이 젓고 다니는 것도 아니고, 뭣이냐, 거시기 말여, 오장육부에서 소름이 쫙 돋아 입으로 톡 튀어 나올 것만 같단 말여

그놈이 멘스를 하고 있는 것이지, 당최, 남의 말은 듣질 않아, 지 혼자 씨부렁대, 그놈, 멘스 하는 놈 행색 한번 들어 볼 거여, 에헴, 서당개 삼년이면 씹구녁으로 말을 한다고, 참, 대단해, 아, 그러니까, 그 놈이 헝겊인지 크리넥스인지를 부자지 있는데다가 얼마나 쑤셔 박았는지 아랫배아지가 뚱뚱해 갖고 마당에 나와서는, 나는 흉내도 못 내겠어, 꼭 여시여, 백년은 더 묵었을 것이구만

나 임신했어, 하듯이 사과 사와, 고구마 사와, 워매, 그
집 각시는 속창아리 터져서 어떻게 사는지 몰라, 나 같으면
아가리를 찢어서 개를 줬을 것이구만, 진짜 그것을 잡어 뽑
아 버렸을 거여, 요즘 띠었다 붙였다 한다는데, 신 것 먹고
싶다고 요구르트를 한 통씩 사서 목구멍으로 줄줄 쏟는데,
그 놈 꼬라지 보면 못 봐줘, 얼굴에 분칠은 해 갖고 눈은 여
시 눈깔보다 더 요사스럽다니까, 에라, 이 여시가 물어가
뒈질 놈아, 세상이 요절이 날 모양이여, 그렇지 않고 어떻
게 그러겠어

그 놈이 한때는 높은 자리에 있었다데, 높은 자리에 있는
놈들은 다 멘스를 하는가, 그러니 집구석이나 나라꼴이 되
겠어, 아들놈은 집을 나간 지 삼년이 넘도록 감감소식이고,
딸년은 양놈하고 붙어서 지랄을 하지, 그 집 여자를 보면,
불쌍해서 말도 못해, 그놈이 분 바르고 염병 지랄을 떨 때,
그 집 여자는 세상에, 한 푼 벌려고 아픈 다리에 운동화 질
질 끌고 꽃 배달을 다녀, 그것도 얼마나 이쁜 꽃인지, 싸가
지 없는 세상에 잘못 태어난 것이 죄지, 어이구!

화장실 카페

명동역 화장실에 앉아
간밤의 에피소드를 쏟는다. 뻐근한
괄약근 사이로 몰려오는
졸음을 쫓기 위해 책을 읽는다. 오래 묵은
책에서 냄새가 요란하다. 끈끈한
줄거리를 따라 감상문까지 읽다가
리필한 생을 홀짝이며
리플을 단다.

　　그대여, 나는 한밤이면 그대를 지키기 위해 충성스런 개
처럼 짖어 본 적이 없고 콩나물 대가리처럼 어둠을 헤치고
일어서서 그대를 위해 깃발을 꽂은 적도 없었소. 그대는 내
가 수입된 사랑에 몰두해 있기 때문이라고 하지만 사실 나
는 전립선염으로 자꾸 졸리기만 하여 고개를 바짝 치켜들지
도 못한다오. 내 밤도 한 토막쯤 회춘할 날이 있겠지요. 그
때까지만 기다려 줄 수 있겠소.

　여백에 빼곡하게 적어 놓은 하소연에도
　맘이 놓이지 않는데
　졸음은 쫓아 버릴 수가 없다.

4부

종이비행기는 어디로 날아갔을까

나를 '슈가'라고 부르며 미친년은 우리 집이 내려다보이
는 옥상에 올라가
종이비행기를 날린다. 아침마다
내가 마당으로 나오기만을 기다리기라도 한 듯 미친년은
출근하려고 하면 '슈가, 잡아봐라' 하고는 종이비행기를
날린다.
쳐다보지도 않고 나는 우리 집 마당에 떨어진
종이비행기를 짓밟아 버리고 대문을 나선다.
미친년은 그럴 줄 알았다는 듯이 '슈가!' '슈가!'하면서 박
수를 친다.

나를 '슈가'라고 부른 미친년은
내 사무실이 내려다보이는 위층 유리창에서 종이비행기
를 날린다.
창문을 열기만을 기다려 '슈가, 잡아봐라' 하고는
종이비행기를 날린다.
쳐다보지도 않고 유리창을 닫아 버리면
종이비행기는 창에 부딪쳐 떨어져 물고기처럼 파닥거린다.
미친년은 그럴 줄 알았다는 듯이 '슈가!' '슈가!'하면서 박

수를 치며
　종이비행기를 날린다.

　나를 '슈가'라고 부르며 미친년은
　종이비행기를 날린다.
　건물에서 나와 길을 가면 '슈가, 잡아봐라' 하고는
　머리 위로 종이비행기를 날린다.
　나는 길을 뭉개 버린다.
　미친년은 그럴 줄 알았다는 듯이 '슈가!' '슈가!' 박수를 치
면서
　거리에 종이비행기를 날린다.

　참지 못해
　종이비행기를 모두 빼앗아 버리려고 두리번거리면
　미친년은 금세 사라져 보이지 않고
　'슈가' '슈가'하는 목소리를 따라 박수와 함께
　종이비행기만 사방으로 흩어진다.

산책자

나는 절대 기도하지 않기로 마음먹었다. 6월 33일이었다.
갈릴레이가 '권위의 지혜'에 못 이겨 거짓 맹세를 하는 날
이었다.

골목에서 사람들은 지갑 속 돈을 세고 있었고

잘 훈련된 개들은 집 주위를 어슬렁거리며 아무데서나 불
쑥불쑥 눈을 흘겼다.

나는 마을을 둘러싸고 있는 거울을 건너 세상의 끝으로
가려고 용을 썼다.

어머니는 귀신이 들렸다며 촛불을 거울 위에 무수히 켜
놓고

내 사지를 철사로 묶어 못질을 했다.

그래도 나는 기도하지 않았다.

그날은 갈릴레이가 더러운 맹세를 반복하는 6월 33일이
었다.

세상에 너무 일찍 나온 것인가.

내 영혼이 어머니 몰래 거리를 어슬렁거렸고 개들의 눈은
벌겋게 달아올랐다.

또 하나의 촛불인 양 영혼이 훌쩍이며 거울 가를 맴돌았다.

세상의 끝에서 자라는 식물이 거울 너머에서 손짓을 한다.

나는 귀신들린 것처럼 방언을 중얼거리며 권위의 지혜에
항변한다.
　어머니는 개 짖는 소리 사이로 못 하나를 더 박아 놓는다.
　육신을 찾지 못한 내 영혼은 까무러치며 거울 가를 내내
배회한다.

레드

강물에 버려진 인형이 울고 있을 때
서쪽 하늘이 타들어가고 있었네
어머니의 밀주가 뒤란에서 다 익기도 전에
아버지는 논문서를 건네면서
하늘에 마지막 도장을 찍고 있었네

서쪽 하늘이 불콰해지고
술 취한 목소리가 주막을 떠나 논둑을 오르기도 하고
개골창으로 흐르기도 하다가
언덕을 오르면
솥단지 속 양푼에서 어머니가 따끈하게 익어가고 있었네
빈 문서 한쪽이 들어오고 마당이 술렁, 불콰해지고
아버지가 찍어 버린 도장이 공중에서 맴돌 때
먼 강에서 인형이 울고 있었네

저 아래 신작로에서는
가난한 농부의 부인이 읍내 교회를 가느라 시끄러웠고
나이가 차도 결혼을 하지 못한 무당의 아들이
팽나무 위에서 부는 하모니카 소리가

혼자 볶을 때에도
아직 익지 않은 어머니의 밀주가 쿨렁거렸고
인형을 안은 강이 울음소리를 키웠네

도장이 무수히 박힌
늦가을 밤하늘이 장롱 깊은 곳에 숨고
이웃집 할아버지의 칠성경 읽는 소리가
하모니카 곡조를 따라 흐를 때
인형이 강물을 타고 하늘로 올라갔네

블루

강물에 나는 쓰네
부자들의 장롱 속에서 금가락지가 녹슬어가고 있었네
천 개의 달이 뜨는 마을에서 어머니는 밤마다
모든 달에 이름을 지었네
팔려간 소 이름과 사라진 언덕, 마을을 떠나버린 이들의
이름이었네
달들은 환하게 웃거나 슬픈 얼굴로 마당을 기웃거렸네
유독 천 개의 달 중에서 어머니가 이름을 짓지 못한
달 하나가 있었네
죽은 누이가 지어 놓고 떠난 이름이었네
어머니는 달 하나에 머뭇거리며 눈동자를 출렁였고
나는 가슴 속으로 누이가 지어 놓은 달 이름을 암송하였네

누이의 강에 나는 쓰네
부자들의 장롱에서 금가락지가 떨고 있었네
희뿌연 어스름으로 달 하나가 술 취한 아버지인 듯 걸어
오면
어머니는 누이의 달 이름을 불러 놓고는 홀로 출렁였네
구백아흔아홉 개의 달들도 출렁였네

누이의 강에서 달 하나가 첨벙이자
어머니의 얼굴이 내내 흔들렸네

부자들의 금가락지가 장롱 속에서 울면
천 개의 강에 나는 쓰네
열 살도 안 돼 죽은 누이의 강에 쓰네
이름을 갖지 못한 세상의 모든 달에다 쓴다네

밤눈이 어두운 아이가 솥뚜껑을 머리에 이고 강둑을 돌 때
누이의 강에서 떠오르는 달 하나가
아이의 뒤를 따르는 걸 보네
어머니가 새벽녘에 배추를 다 팔고
빈 광주리에 가득 담아 오는 달을 보네
누이의 강이 날갯짓 하는 걸 본다네
파랗게 떠오르는 강, 강, 강

어린 창녀
– 이상을 위한 오마주

유리로 만든 집에서 사는
인형은 심심한 표정을 지으며
밖에 나가고 싶어요.
쇼핑도 하고 사람들과 재잘재잘 얘기도 하고 싶어요.

인형은 날이 찬데도
이른 아침부터 일어나 한 꺼풀 옷만 걸치고
분홍빛 유리창에 창백한 얼굴을 대고 밖을 내다본다.

나가면 되지 않느냐고 하면
무균처리 되어서
눈빛으로 골목을 돌아나가기만 해도
시들어 버릴 거예요.
세상을 살아가는 방법을 모르거든요.
그래도 용산에는 바로 곁에 기차역이 있어서 좋아요.
먼 과거에서 온 소식들이 얼굴을 내밀거든요.

인형은 까마득한 나라에서 온
소식이라도 들으려는 듯

얼굴을 유리창에 꼭 붙이고서는
정말 기적소리라도 날 것 같은 장난감 기차를 가리킨다.
백색 알약 같은 얼굴이다.

수자水子*에게

이름을 갖기도 전에 죽은 누이 때문에
나는 내 이름을 늘 부끄러워했습니다.
어머니가 골목에서 내 이름을 부를 때에도
담임선생이 출석을 부를 때에도
내 이름이 너무 낯설어
그때마다 허공에서 종이 울리는 소리를 들었습니다.
나는 그 종소리를 다른 사람들이 들을까 두리번거렸고
외진 골목에라도 들어서면
누군가가 내 이름을 부를까 봐
덜컥 겁이 나곤 했습니다.

이름도 없이 죽은 누이를 위하여
어둔 밤
남몰래 일어나 숲으로 가서 내 이름을 묻었습니다.
내 비밀스런 이름을 기억하는 새들을 나는 증오합니다.
땅을 파는 쥐들에게 저주의 주문을 욉니다.
허공이 파랗게 물든 날이면
숨은 별자리를 찾아내듯 내 이름들이 선명하게 음각되어
바람소리에도 귀청을 오그라뜨리는 새들이 무섭습니다.

비가 내리는 날
청개구리 마냥 내 이름이 적힌 무덤가로 갑니다.
숲에는 수많은 이름들이 둥둥 떠다닙니다.
내 이름을 찾으래야 찾을 수 없어
내가 살던 곳의 위도와 경도를 적어 돛단배를 띄웁니다.
단 하나밖에 갖지 못한 이름이 부끄러워서
떠나가는 돛단배를 어룽거린 눈으로 바라보지만
누이의 짤막한 생보다 긴 이름을
오늘도 내일도 부끄러워합니다.

* 水子는 낙태아나 유산아를 가르킴. 불교에서는 세상에 태어나지 못하는
  영을 수자령이라고 함

퀼트

　여동생이 달거리를 멈췄다. 비타민이 부족하지 않은 여동
생의 달거리는 어느 날
　뚝, 하고 멈췄고
　어머니는 달맞이꽃을 뜯으러 다녔다. 그해
　독재자의 부인이 한 방의 총탄에 넘어져 동네 여자들이
울었고
　남자들은 곧 김일성이 쳐내려올 것이라며 해가 둘이니 이
렇게 가물지 한탄했다.
　대학을 포기하고 통키타로 젊음을 망친다고
　아버지에게 아침 밥상머리에서 욕을 먹던 형이 물을 품다
가 갓난아기를 발견했다.
　경찰이 오고 동네 처녀들은 모두 조사를 받고
　여동생은 그 날
　서울 가리봉동 삼립빵 공장으로 갔다.
　달처럼 동그랗게 살던 사람들 사이에 날카로운 물꼬 싸움
이 벌어질 때
　나는 홀로 빈방에 누워 천장에 붙은 신문지 속 글자를 퍼
즐처럼 맞추었다.
　네모난 라디오에 귀를 기울이며 우뚝 우뚝 솟은 천관산을

바라봤다.
　뱃속에서 촛불이 자랐다.
　감이 빨갛게 익어가고 있었고
　여동생은 추석이 되어도 내려오지 않았다.

라면은 불기 전에 먹어야 한다

너는 물고기야. 비가 내려도 옷 하나 젖지 않는 물고기야.

취한 여자는 혼자서 내내 젖는다. 삼류 극장과 여인숙과 그녀의 손톱만한 방의 기억들로 나는 퉁퉁 분다.

너는 물고기야. 비늘도 없는 물고기야. 한 마디 말도 뱉지 못하는 물고기야.

여자의 얼굴이 붉어지면 붉어질수록 내 몸은 불어간다. 여자의 분노와 증오, 그리고 사랑이 냄비에서 졸아들어 간다.

너는 입만 있는 물고기야.

나는 냄비처럼 끙끙 앓기만 하여 세상으로 헤엄쳐 가기에는 몸이 너무 무겁다.

위험한 출근

아내에게 말을 건넬까 말까, 그냥 나가는데 문을 미는 손이 떨린다. 7호 쪽에는 늘 성가시게 인사를 챙기는 관리인이 귀찮아서 3호 쪽으로 나간다.

바람이 일다가 구름이 흐르다가 아침 허공은 제멋대로다. 나뭇가지들의 삿대질을 피해 주차된 차들 사이를 이리저리 돌아 아파트를 벗어나니 신호등이 파닥거리며 길을 막는다. 눈치를 보다가 무단횡단을 하는데 갑자기 나타난 차가 욕설을 퍼붓는다. 어젯밤 악몽이 와 있다.

속으로 씨발 씨발 하며 지하철을 타러 내려간다. 무료 신문 중에서 만화가 있는 걸 볼까 정보가 많은 걸 볼까 스포츠지를 볼까 하다가 노컷뉴스를 집어 든다. 바스락거리는 뉴스 속을 헤매는데 출근하는 눈들이 같이 와 있다. 하차 역을 지나칠까 봐 몸을 칼처럼 세워서 문 앞으로 다가간다. 쏟아지는 눈, 눈, 눈들, 정신없이 떠밀려 내린다.

너무나 다행스럽게 하늘은 아직 그대로다. 발이 지상에 닿기 무섭게 새들 대신에 전단지가 지저귀니 눈을 둘 데가 없다. 미로를 걷듯 조심스런 발자국을 따라 주렁주렁 사람들이 매달려 있다.

사무실에는 어제의 풍경이 그대로 있어서 안도하며 숨을 내쉰다. 아내에게 전화를 하려다 말고 어제의 나를 뒤적거린다.

드라이크리닝

나를 세탁해 줘. 수선해 줘도 좋아. 꼴깍꼴깍, 잠을 자면 숨넘어가는 소리요, 재수가 옴이 붙어서, 뒤로 넘어져도 코가 깨지니, 분리수거를 하든지 재활용을 해야 해. 생활정보지라도 볼라치면, 부킹, 부킹, 부킹을 추천한다. 폭탄 세일이나 원가 세일이나 덤으로 넘겨 버리고 싶어도, 돌아보니 자식이요, 멀쩡한 사대가 아까워서, 이러지도 저러지도 못하고 있다가, 용하다는 처녀 보살을 찾아가 신세를 한탄하니

주차금지구역에 주차된 몸이 성한 데 없단다. 이 구멍 저 구멍에다 몸을 할인해 저당하고 복채를 얹으니, 생애에 칭칭 감긴 철조망이 있다며, 처녀 보살이 눈물을 뚝뚝 흘린다.

보소, 보소, 그 동안 얼마나 애썼소. 여기를 고치면 저기가 고장 나고, 저기를 손보면 여기가 헐어지고, 잘라내면 너무 짧고, 잇대면 너무 길어, 세상에 맞는 일이 한 가지도 없으니, 인생을 세탁할 수밖에. 요즘 좋은 세상이니 기계에다 넣어서 사람을 통째로 바꾸는 것도 좋을 것이오.

부적의 붉은 선을 따라 박힌 쇠말뚝을 뽑아내는데, 내 과

거가 비명을 지르고, 듣도 보도 못한 내가 아우성을 치네.
어디로 갈 것인가. 빈 의자가 하나 있어 앉으려 하니, 갑자
기 비가 내리고, 어느 교회에서 종이 울린다.

폐차장 너머

바퀴를 잃어버린 차를 끌고
시도 때도 없이 바다로 간다. 희는
날이 궂거나 우울할 때나
너, 바다가 보고 싶구나. 그래, 가서 실컷 고래를 보자!
폐차장으로 나를 데려가
삐그덕, 아픈 소리조차 지르지 못하는 버스에
단 한 사람의 승객인 나를 태우고
바다로 간다. 희는
뚜, 뚜, 뱃고동 소리를 질러대며
발을 구른다. 어지럼증에 눈을 감고
그녀의 폐차, 아니 배에
몸을 맡긴 채 정말 바다를 꿈꾼다. 희는
바람이 불어. 어서 돛을 올려!
가난한 목소리가 어둠을 울리고
포말 진 물방울이 온몸을 적실 때
고래가 있어. 저기, 저기!
눈을 번쩍 뜨고 앞을 보면
폐차장 너머로
흔들리는 빌딩들, 그 사이로

거대한 고래 한 마리 물안개를 뿜으며
온다.
물방울을 울리며 온다. 정말
아무렇게나 누워 있던 철근들이 수초처럼 흔들린다.

자바jabber

나는 불법체류자
어느 전설의 별, 곰처럼 굼뜬 계절에서 왔다.
한글로 내리는 빗소리를 들으며 장날을 기다리고
잠 오지 않는 밤이면
일마다 참견하는 쥐들과 그림자놀이를 하고
여름이면 김치를 찢어발기고
한겨울이면 얼음을 깨고 미꾸라지를 잡는
나라에서 왔다.
이제 나를 알아보는 이는 없다.
가끔 길 잃은 고양이나 먼 사막에서 온 새들이
꿈인 양 쳐다보고 가는
나는 이 지상의 불법체류자
고향을 떠난 적이 없지만 고향을 잃었고
한국어로 말하지만 알아듣는 이가 없다.
뼈들은 이억 오천만 년 전 나무 등걸을 물려받았고
피는 사막의 오아시스를 흐르는 물줄기다.
지상에서 나를 알아보는 이가 없으니
민들레처럼 바람 따라 피고
고양이처럼 혼자서 뒷골목을 후빈다.

어머니는 이미 거울 속으로 들어가 버렸으니

삐삐, 지지직거리는 먼 우주의 신호음을 따라

녹슬어 누워 버린 철조망에 매달린 빈병에 하소연을 담는
다.

얼굴을 알 수 없는 정치가들이 자유, 자유라는 구호를 남
발하지만

나는 자유를 잃었고

민들레는 샛노랗게 정색을 하며 거리에 깃발을 꽂고

바람은 뒷골목에서 비수보다 날카로운 화염병을 던질 기
회를 엿본다.

누이의 피 묻은 팬티를 거리에 내걸고

어머니를 거울에서 데려와 함께 질주하고 싶다.

비명은 봄날의 새싹처럼

묵은 나무 등걸에서 움틀 기회만을 엿본다.

5부

나비채집

나비에 핀을 꽂듯이
밤이면 사지에 핀을 꽂고
한참을 들여다본다.
악몽이 되살아나면서
한 생의 전율이
흐느낌으로 번진다.

후회하듯 파닥거리다 보면
흔들리는 어둠이 부르르 떨면서
바튼 기침을 해댄다.
핀에 찔려도
피 한 방울 흘리지 않는 생이니
전쟁터에서 죽은 아이처럼
재잘거림조차 감추었다.

불면은 피 흘리지 않는 아픔
뒤척거릴 수도 없는
몸에서 전기가 일어나
핀이 뜨거워지면서 체온을 빼앗는다.

한 마디의 조사조차 허락되지 않는 처지에서
자살하려야 할 방법이 없다.

한도 넘긴 신용카드처럼
밤은 한 장의 각주로 꽉 차 있어
날개를 펴도 날지 못한다.

검은 도시

마스크 쓴 건물들 높은 곳
유리창 여기저기를 뛰어다니던
햇빛이 바람에 쓸려 더 높이 올라가 버린다.

날마다 카운트다운 되는 거리
머릿속 생각들이 휘파람으로 날린다.
곧 테러가 있다는
소문이 돌았는지 발자국만 가득히 남기고
사람들은 모두 숨었고
가게에서는 마네킹들이 문 밑으로 발을 내민 채 동동거
린다.

경매처분 된 하늘 조각을 올려다보는데
허기가 지며 사타구니 사이에서 성기가 옹송그린다.
감기에 걸린 거리, 각혈하는 거리에서
어디로 가야 할 것인가.

온몸에 안테나를 세우며
먼 곳의 소식을 들으려 하지만

알아들을 수 없는 신호음뿐이다. 지, 지, 지

말보로 연기와 함께 골목 끝에서 나부끼는
깃발 하나
궤도이탈 한 새다. 먼 과거에
물이 말라버린 호수다.
아직 이름을 갖지 못한 식물들이 울고
하늘이 비닐처럼 녹고 있으니
한 발 내딛기도 아슬아슬하다.

골목은 스스로 휘고
플라스틱 구름은 땅바닥에 내려와 머물 곳을 찾는다.
성기에서부터 몸이 점점 굳어져 간다.
마네킹, 마네킹! 물을 마시고 싶다.

옥상에서 돼지를 잡다
— 어느 무정부주의자의 일기

밤 아홉시
초저녁부터 거리 곳곳에서 반정부시위를 하느라 촛불들
이 내내 윙윙거릴 때
옥상에 나만의 나라를 짓는다.
새들도 날개를 접어 집을 짓고 별도 내려와 기웃거리는
지상에 없는 나라에서
여자를 기다린다. 낮이면 몸을 팔아 살아가다가
한 밤이면 따뜻한 온기를 가져오리라. 정부를 갖지 못한
남자들의 따뜻한 손길이 아직 남은
촛불을 안고 오리라.

밤 열한시
여자가 오는 동안 『불한당들의 세계사』를 읽으며 가슴 속
에서 타는 촛불을 겨우 잠든 새들의 집에 붙인다.
거리를 떠도는 남자들의 정부인 체 하는 여자가 가져온
온기에서 불이 켜진다.
비틀거리는 온기가 흩어질까 봐 여자를 부축한다. 여자의
몸은 아직 뜨겁다.

자정을 막 지나고 있을 때

마지막 남은 여자의 온기 위에 눕는다. 여자가 자주 몸을
으스스 떨기는 했지만 여자는 잘 견딘다.

불한당들의 밤

여자 위에서 나는 고추 먹은 염소 마냥 쩔쩔 맨다.

미명

여자의 냉기를 베고 아침을 기다린다. 거리에서는 아직도
불한당들의 벌건 눈이 촛불을 가장한다.

촛불들이 컵 속에서 조용히 잠들어 갈 때 정부가 없는 이
들이 빌딩으로 올라가 창문에 매달린다.

아침은 꽥꽥 돼지 목 따는 소리를 내며 온다. 도치법으로
뜬 해가 매캐하다.

똥 오래 참는 법

산암은 일찍 불문에 들었으나 한번도 선방에는 들어간 본 적이 없다. 그저 산문에서 잔심부름이나 하고 소일거리를 찾아 그날그날을 지내왔다. 스님의 길이 입에 풀칠하는 거나 다를 바 없었기 때문이다. 그런데 스승이 열반한 후 절간 인심도 흉흉해져 눈치를 보며 지내다가 이번에 발심을 하고 선방에 들어섰다.

고개를 오르듯 방장으로부터 '無'자 화두를 받아들고는 가부좌를 틀기는 했으나 조주 스님이 주석했던 백련정사의 탑과 쭉 늘어선 백양나무밖에는 생각이 나지 않는다. 실눈을 뜨고 좌우를 살피니 一자로 그어진 눈과 입이 얽히고 설켜 있다. 無자와 一자 사이에서 번뇌하는데 온몸이 가렵고 신세가 처량하다. 목구멍이 간지럽고 엉치가 뻐근하다.

탁, 탁, 탁, 주장자 치는 소리 간간이 들려오는 방안에는 사내들 땀내만 진동하다. 숨이 막히고 가슴이 답답하다. 기침을 헉, 하고 뱉자 주장자가 탁, 하고 머리 위로 떨어진다. 먹먹해진다. 한 생이 쏟아질 것만 같다. 땀이 흐르고 온몸이 불덩이다. 이대로 죽을 수도 있겠구나 하는 생각에 이르자 정말 숨이 딱 멎는다.

유레카

집에 있는데 술집에서 전화가 왔다. 술값을 계산하고 나를 데려 가라는 것이다. 지금 전화 받고 있는 사람이 바로 본인이라고 해도 술집 주인은 곧이듣지 않고 그런 거짓말을 하면 경찰에 신고하겠단다.

나는 술집뿐만 아니라 어디에도 내 분신을 두고 온 적이 없다. 그런데 누가 내 역할을 하고 있는 것이냐. 조상처럼 액자에 갇혀 있는 지 오래인데 내가 밖을 떠돌고 있다니 알 수 없다. 결재할 수 없는 카드가 내 이름을 자꾸 찍어대는 것이냐, 남긴 발자국이 술집을 떠도는 것이냐.

나를 찾으러 술집으로 가니 낯익은 이름이 계산서에 적혀 멱살이 잡혀 있다. 주인에게 나는 집에서 나와 본 적도 없고 이 술집에 와 본 적도 없다고 하고 싶지만 나를 확인시켜 줄 방법이 없다. 주민증을 내밀어 보지만 가난한 증언이 먹힐 리 없다.

어둠 속에서 꽃나무들이 팔짱을 끼고 지켜보는 사건의 현장에서 나는 나를 의심할밖에 없다. 적당한 증거가 될 만한 나를 찾을 길이 없다. 백과사전만큼이나 두꺼운 사연이 담긴 얼굴에는 계산서에 항변할 만한 표정이 없어 나를 데려갈 수가 없다.

달과 콜라

달이 빈 콜라병에 빠졌다.
배고픈 이들이 밤이면 뜯고 뜯던
달이 콜라병에 빠졌다.
타조 알보다 큰 달이
요술인 듯
퐁, 하고 콜라병에 빠졌다.
달은 안간힘을 쓰지만 빠져나올 수 없으니
콜라에 빠진 도시의 밤은 달콤쌉싸름하다.

가로등이 지배한 도시의 거리에서 떠돌던
콜라병이 도둑고양이와 비둘기, 그리고 가끔씩
노숙자들 곁에서
배고픈 잠을 자는데
가로등을 시샘한 달이 거리를 기웃거리다가
콜라병에 빠져 버렸다.

산골과 들판을 다니며 단맛에 길들여진 달이
콜라병 안에서 허우적이고 있을 때
가로등이 키득키득 허밍을 하는

도시의 밤은 참, 달콤쌉싸름하다.

콜라병 속의 달을 고양이가 찾아냈지만
웅크린 달을 꺼낼 수 없어
고양이가 버리고 간 콜라병을
노숙자가 꺼내려고
고층 빌딩 위로 올라가 아래로 떨어뜨리니

도시에는 달은 없고
산산이 부서진 유리조각에서
콜라 냄새만 흩날린다.

모텔 리마

안드로메다를 보고 싶으면 리마로 가라.

리마에 가면

해안은 하늘까지 출렁인다. 그곳에서 별들은 죽기도 하고
태어나기도 하고

203호에서 죽은 별은 말이 없다. 박사는 103호 비단 조
개와 303호 펠리칸, 그리고 커피숍의 물개로부터 그날 밤
의 그림을 넘겨받는다. 가슴에 꽂힌 음모가 해풍에 삭지 않
아 우는데도 박사는 아직 단서조차 찾지 못하고 있다. 장기
투숙중인 202호 악어와 204호 도마뱀이 있지만 의심의 눈
초리는 낙서로만 남을 뿐이다.

길은 이미 폐전선으로 헐거워진 지 오래고 박사는 아직
꿈속으로만 걷는 나이프의 디엔에이조차 분석해 내지 못하
고 있는데

방에 갇힌 나방들은 별들이 우주에서 폭발하는 걸 보려고
밤새 창문을 내다본다.

새들은 밤마다 가면무도회를 열어

시체 놀이를 하고
언덕 아래에서 파도는
흰물떼새에게 비밀을 적어 보낸다.
안드로메다! 안드로메다!
어둠이 무게를 더할수록
도깨비들이 킥킥거릴밖에

따귀 때리기 출장

나가 태어나서 이런 일은 첨 봤구만, 글쎄, 나가 요새 돈
이 하도 궁해서 글쎄, 아르바이튼가 뭔가를 나가는디, 아,
글쎄, 입맛이 쓰구만, 에헴, 아이고, 이런 말을 혀도 되는가
몰라, 따구 때리러 출장을 갔어, 따구를 때리러 가라는 거
여, 이러 일 저런 일 안 해 본 일이 없기는 하지만, 허허, 원
세상에 따구 때리러 가 보기는 첨이구만

그란디 진작부터 그 일거리가 많았다고 하등마, 저기 일
본 레슬링 선순가, 이노끼라고 있는 가 봐, 그 놈이 그 동안
따구 때리기 출장을 주로 댕겼는디, 이놈이 글쎄, 요새 아
프다고 따구를 잘 안 때릴라고 한다는겨, 근디, 우리끼리
이야기지만 그 놈도 지쳤을 거여, 가 보면 따구 때리기가
얼마나 힘드는지 팔이 아픈 것은 고사하고, 얼굴에 기름기
가 껴서 미끄덩 미끄덩 손이 손복하게 미끄러져

얼마 전에는 출장을 갔는디, 똥께나 뀐 놈들은 다 있더라
고, 뭣이냐, 귀 좀 대 봐, 핏대 세우고 소리 지르는 놈(혹은
눈이 째진 놈)도 있더라고, 글쎄, 그 얘기 하면 큰일 나, 저
그 장관이나 국회의원들은 덤으로 있어서 손구락으로 셀 수

도 없고 돈푼깨나 있는 놈들도 다 있드라니께, 아, 근디 말여, 즈들끼리 따구를 때리다 때리다 안 되니께는 아르바이트를 쓴 거여, 내가 들어가니께, 마치 지들 할애비 오는 거 맹키로 반가워하는디, 당최, 못 봐줘

첨에는 무서워서 쭈빗쭈빗 함서 물어 봤어, 이렇게 얌전하고 귀하신 분들께서 어째서 저 같은 무지랭이한테 따구를 맞을라고 하쇼, 그랬더니 입이 가벼운 놈, 그 놈이 거그서 제일 높은 모양이여, 아까 말한 그놈, 핏대 잘 세우는 놈 있잖어, 그 놈이 나서서 내 손을 딱 잡더니, 선생! 나도 거그 가먼 선생이여, 에헴! 근디, 그 표정 보면 얼마나 섬뜩한지 몰라, 아이구 무시라! 지금도 소름이 팍 돋네그랴, 선생, 잘 오셨소, 우리들 따귀를 있는 힘껏 때려 주시오, 그래야 또 열심히 일할 수 있소, 근디, 높으신 분들이 일하시느라고 힘드실 텐디 먼 따구라요, 저는 못해요, 했지, 그랬더니 사방에서 히죽거림서, 야, 이놈아, 그래야 내일 또 별 짓을 할거 아냐, 하는 소리가 들리더라니께, 그 높은 놈이 말여, 선생, 우리는 따귀를 맞아야 힘을 씁니다, 하는 거여

그때는 무신 소린지 몰랐는디, 지금 생각해 봉께로, 어허, 어허, 양심을 다 곳간에다가 보관해 놓고 온 놈들이더라고, 말이여, 따구를 아무리 때려도 내 손만 아퍼, 얼굴은 말짱해, 우리는 한 대만 때려도 아프재, 근디, 그 놈들은 내 손만 아퍼, 내 손이 퉁퉁 분 거 안 보여, 시상 천지에 낯바닥이 그렇게 두껍고 단단한 놈들은 첨 봤구만

아이고, 아이고, 사람이 아녀, 짐승도 아녀
도깨비가 있으면 혼비백산허고 도망갈 거고
승양이가 있으면 이빨이 어긋날 거여
무지랭이들아, 무지랭이들아
높은 양반들 낯짝 건드리지 말어
잘못 건들면
우리들이 다쳐, 우리들의 가슴이 다쳐
꿈은 우리들끼리 꾸세나

신발공주

밤마다 나에게 오는 여자가 있다.
여자는 이억 오천만년 전에서 온다.
여자는 매일 밤 지구를 삼천 번을 돌아서 온다고 한다.
여자는 어떤 책에도 나오지 않는
어느 우주의 별 이름을 댄다.

'작은 신발을 이억 오천만 개 엮어서 만든 우물'
신발로 만든 우물의 별
우주의 우물이다.

비를 내리고 물소리를 짓고 바다의 꿈을 만들어내는
별에서 온 우물 같은 여자, 신발을 닮은 여자
고무신 같은 얼굴을 하고는 우물 같은 목소리를 낸다.

내 안에 있는 빗방울 한 소절 속
밤마다 나를 찾는 여자, 내 동심의 까만 고무신 속
물을 따라 헤엄쳐 오는 여자

밤의 물소리를 빚어내고 어머니의 자궁 속 그리움으로 오는

퍼내도 퍼내도 줄어들 줄 모르는 우물
잃어버린 신발의 꿈을 찾아가면 만날 수 있는

여자는 이억 오천만년 전에서 온다.
잠들면 부드럽게 나를 감싸 안는 신발 속에서
나는 밤이면 그 여자를 안는다.

전쟁도 없고 정치도 없고 사기꾼도 없는 꿈속
안으면 잠은 늘 물소리
세상에 버려진 모든 신발의 꿈
밤마다 출렁인다.

매거진

4월은 실종자들의 페이지
해커들이 잠입하면
혼몽해지는 영혼들이 갈 곳을 잃어
가슴 속에서 폐전선이 난무한다.
난기류가 명치를 휩쓸고 지나갈 때
길 위의 영혼들은 전립선염에 걸린 개처럼
종로3가에 노점을 편다.
감시 카메라가 아무데서나 작동하고 있는
한 페이지 4월
폐철근이 어지러운 재건축 건물 안에서
한 소녀가 늙은 애인과 말다툼을 하다가
귀고리를 잃어버려 발을 동동 구른다.
하얀 봉지가 공중부양을 시도하고 있는 페이지에서
때에 전 만국기는 세속적으로 방울을 울리며
행인의 어깨를 친다.
장 버스가 지나가는 거리
정류장에는 뮤지컬 포스터가 찢긴 채 하늘거리고
깨진 보도블록을 먹어치우는
실직자들의 소주 판이 난기류로 출렁인다.

어디에선가 해커들의 휘파람 소리가 들린다.
전기톱에 놀란 적이 있는 가로수가
제 가지를 툭툭 부러뜨리고
까만 봉지가
벚꽃에서 떨어지는 깨알만한 글자를 담느라
이리 뛰고 저리 뛴다.
4월의 페이지에는
여성 교양지처럼 읽을 만한 게 없어
눈요기로 훑고 지나가면 그만이다.

종착역

한 꽃송이가 있습니다.
한 꽃송이는 추운 대합실에서 오들오들 떨고 있습니다.
한 꽃송이만이 오지 않는
다른 꽃송이를 기다리고 있습니다.
한 꽃송이는 기다리는 꽃송이입니다.
모두들 어디론가 떠나버린 대합실에서
한 꽃송이만이 제 몸으로 불을 피우며 기다립니다.
기차가 몇 번 들어왔지만
한 꽃송이는
아직도 기다리고 있습니다.
내내 기다립니다.
이윽고
막차가 들어옵니다.
우산처럼 안내방송이 펼쳐지고
외국어로 칙칙거리던 기차가 잠들 때까지도
한 꽃송이는
밤새 불을 끄지 못하고 있습니다.

좀비도시

이산화탄소 가득한 도시 한복판을 걷다 보면
과부하에 걸린다.
몸 안의 뼈라는 뼈는
모두 긴장을 해서 뻣뻣해지고
살은 점점 더 물렁해져서
금방이라도 흘러내릴 것만 같다.
혼몽한 채 빌딩 사이를 걸어가며
쉬어갈 곳이라도 찾을라치면
먼저 달려가는 뼈, 뼈, 뼈
사이보그 같기도 하고 강시 같기도 한
뼈가 깡충거리며 뛰어가는 게 안타까워 흐느적이는데
뒤쳐져 안개 낀 거리만 바라보다가
뼈를 찾아 거리를 헤맨다.
찻길로 뛰어들었는지 빌딩 옥상으로 올라가지나 않았는지
극장 앞 의자에 앉아
돌아오지 않는 뼈 때문에
혈압을 결코 낮출 수가 없다.
내내 과부하 된 채 의자에 고꾸라져 있으면
보도블록 위를 걷는 비둘기조차 피식거리며 지나간다.

스크롤되는 생애를 뒤져 보지만
뼈가 갈만 한 곳을 찾을 길이 없다.
과산화수소를 부은 듯 몸 안이 부글부글 끓고 있어
혈압은 결코 내려가지 않는다.

달에서 길을 찾다

달에서 길을 찾고 있었는데
내 고양이가 옆집 여자를 할퀴었다.
코카인을 먹은 내 고양이가 옆집 여자를 할퀴었다.
여자는 내가 고양이에게 코카인을 먹였기 때문이라고 하
지만
고양이가 내 말을 듣는 일은 없다.
고양이는 이산화탄소 가득한 거리에서
무감각으로 떠돈다. 그때 나는
경계도 나라도 없는 달에서 길을 찾고 있었다.
중력을 뚫는 아인슈타인의 공식에 따라
달로 쏘아올린 내 영혼은
고양이에게 신경 쓸 겨를이 없었는데도
여자는 내 말을 믿지 않는다. 고양이는
내 고양이이고 코카인이 내 방에서 나왔을 뿐 아니라
달과 집 사이에 신경세포가 가득하여
여자는 나에게 혐의를 듬뿍 씌워서 할퀴려고 한다.
나는 말 못하는 고양이에게 화를 내며
변명을 약속 받으려 하지만
고양이는 이미 코카인에 취해 해실거리기만 한다.

하늘에는 할퀸 자국이 선연하여
사람들은 지구의 환경을 망친다고 난리도 아닌데
여자 때문에 지구의 중력을 이겨낼 수 있을지 모르겠다.

해체적 사유 혹은 분열된 영혼의 표징

김 석 준(문학평론가)

1. 시말의 비등점

시쓰기는 그리 녹녹한 작업이 아니다. 누구나 다 시인이
라는 레테르를 달고 시인행세를 할 수 있지만, 진정한 시말
을 예인하는 시인을 만나기란 그리 쉽지 않다. 자신과의 대
면 혹은 세계성의 투시. 시말운동은 이 이중의 대립적 국면
을 상호 교차하는 지점에서 역동화되는데, 그것은 시말이 육
화되는 굴절점이거나 말−한계를 돌파하는 시인의 시계詩界,
즉 시말눈이다. 특히 금번 상재한 전기철의 『로깡땡의 일기』
는 시인 자신의 인간학적인 국면과 세계 사이를 다양한 시
말길로 잇대어놓고 있다. 말하자면 전기철의 시말운동은 소
시민의 시선에 비추어진 이 세계의 다양한 면모를 자신의
삶−시간−세계의 언어로 재현하고 있다. 마치 "불완전한 영
혼에는 눈이 없"(「도루코 면도날」 중)는 것처럼, 시인은 이
세계 전체를 분절화시키면서 "선혈로 낭자"했던 자신의
"생"(「아내는 외과의사다」 중) 전체를 가감 없이 드러내고
있다.

기만 혹은 위선. 시인 전기철의 일련의 해체적 사유는
"아버지의 거짓말"(「우표수집」 중)로부터 비롯하는데, 그것

137

은 크리스테바나 지젝 식으로 말해서 주체형성과정 실패의 궁극적 원인일지도 모른다. 왜냐하면 『로깡땡의 일기』 전체를 이끌어가는 시적 주체는 "몽환 속에서 독을 키우"(「홍살문」 중)는 슬픈 주체이거나 유년의 어느 시점에 자아를 저당잡힌 불행한 주체이기 때문이다. 하여 전기철의 시말 주체는 "동심의 까만 고무신 속"(「신발공주」 중)에 응고된 채 성숙하지 못한 아픈 주체에 가깝다. 고백 혹은 분열된 자아. 전기철의 시말들은 분열된 영혼의 표징들을 해체적 사유로 전개하고 있는데, 그것은 이 세계에 대한 부정적 인식에 다름 아니다. 위선과 기만이 가득 찬 이 세계를 "거짓말"이라는 시말 속에 응고시킨 채, 이 세계의 현상적인 단면도를 투명하게 그려내고 있다.

하여 『로깡땡의 일기』는 "한 생의 전율"(「나비채집」 중)에 관한 모노드라마이거나 허허롭게 낭비한 삶-시간-세계를 "독백으로 가득한 생"(「볼록거울」 중)의 형식으로 치환시키고 있다. 비록 그것이 부정성 위에서 욕동하고 있기는 하지만, 시인의 시말길은 모든 의미값의 벡터를 참된 세계로 휘어지게 만든다. 따라서 시인의 일련의 요설스러운 수다는 진정한 자아찾기이거나 진정성의 추구에 다름 아니다.

2. 훼손된 자아 혹은 거부된 존재

"피 한 방울 흘리지 않는 생"(「나비채집」 중)이 어디 있겠는가. 우리는 저 거대한 세계 속에서 언제나 상처받은 현존재로 존재할 따름이다. 거부된 존재 혹은 훼손되고 실패한 주체. 전기철의 시말 주체는 심각하다 못해 불안하기까지 하다. 아니 더 정확하게 말해서 시인의 시적 주체는 완전히 실패한 것으로 판명이 났는데, 그것은 오이디푸스 삼각형, 즉 어머니-아버지-나(시인) 사이에서 생성되는 관계의 실패에 다름 아니다. 유년의 자아에 응고된 시말 혹은 성장이 멈춘 주체. 전기철의 시들은 과거의 상처 난 환부 위에서 욕동하고 있는데, 그것은 결코 잊혀질 수 없다. 하여 영혼의 심연에 자리한 하나의 상징적인 스티그마(stigma)이다. 프로이트의 대법원장 슈레버 분석에서 알 수 있듯이, 영혼의 환부에 각인된 상처는 무의식의 심연에 가라앉았다 불현듯 나타나게 된다. 다시 말해서 42세에 편집증과 동성애적 경향을 나타난 슈레버의 경우처럼, 시인 전기철의 삶-시간-세계도 무의식의 공간에 침전된 트라우마으로부터 결코 자유로울 수 없다. 그리고 시인의 일련의 시말운동은 자신의 무의식에 각인된 트라우마를 드러내면서 그 상흔과 대면하는 것에 다름 아니다.

어머니는 시간만 나면 나를 괴롭혔다.
"네 인생은 덤이야. 그때 낙태를 하려고 했어."
어머니는 그때의 사연에 대해 한 마디도 해 주지 않은 채 내 생명을 희롱했다. 그리하여 날마다 탯줄을 칭칭 감고 대문에 목매달고 있는 사내를 본다.
대문 위는 늘 위태롭다.

– 「도루코 면도날」 일부

전기철의 시말들은 현재적이지 않다. 아니 시인의 시말들은 언제나 "먼 과거의 어머니가 보낸 소식"에 의해 현재를 봉인하고 있다. 현재를 지배하는 과거 혹은 낯선 영혼의 떨림. 분명 전기철은 존재론적 공포에 시달리고 있는데, 그것은 바로 자신이 축복받은 존재가 아니라 거부된 존재라는 데서 기인한다. 다시 말해서 시인의 삶은 그야말로 "덤"인데, 그는 이미 "낙태"되었거나 죽었어야 마땅하다. 비록 시인이 "짐짓 태연한 척하"지만. 하여 이 세상의 어떠한 논리나 규범에 구애받지 않는 듯이 자유롭게 행동도 하지만, 기실 시인을 지배하는 궁극적 주체는 "희롱"당한 "생명" 밑에 가라앉은 자존감의 부재이다. 어쩌면 시인의 시말은 존재가 말하는 것이 아니라 저 무의식에 가라앉은 비존재가 말하고 있을지도 모른다. 왜냐하면 시인의 존재론적 주체는 없거나 거부된 상태이기 때문이다. 따라서 시인의 시말은 징환에 휩싸여 있는데, 그것은 실재의 작용이 아니라 환시나 환청의 뇌까림에 가깝다.

하여 시인에게 시쓰기란 해체된 삶–시간–세계와의 만날 수 있는 유일한 공간이자, 훼손된 자아와 대면하는 순간이다. 허나 "불완전한 영혼". 허나 점점 몸을 옥죄는 "흐느낌". 시 「도루코 면도날」은 시인의 존재론적 위치를 지정해 주는 결정적인 역할을 하고 있는데, 그것은 도루코 면도날에 배여 "안으로 핏물 뚝, 뚝, 흘리"고 있는 "불완전 연소된 영혼"에 관한 고백이다. 분열된 영혼 혹은 정체성의 부재.

시인의 해체적 사유는 거부된 출생에서 비롯하는데, 그것이
바로 분열적 징후의 원인이다. 하여 시인의 시말은 환유적
사유로 가득 차 있다. 마치 인접성 장애를 앓고 있는 것처
럼, 시인의 시말들은 불연속적인 환유적 이미지들의 제전을
벌이고 있다.

밀고자는 어지럼증에 시달리다 못해 달나라로 가 버리기라
도 하려는 듯 육교에 올라선다.
육교는 몸부림을 친다
옆집 누나의 방으로 기어든 아버지의 그림자를 지켜본 후로
아버지가 누나에게 뱉어낸 무늬들
일기장에도 적을 수 없을 정도로 소름끼치도록 비밀스런 무
늬들을
육교에서 떨어뜨린다.
육교는 칭얼거린다.
저 낯선 대륙을 향해 육교는 충분히 수다스럽다.
청색 얼굴은 먼 나라로 떠나간다.
― 「악어의 수다」 일부

엄밀한 의미에서 주체형성과정은 외설스러운 아버지의
권위에 순종하는 과정이다. 이를테면 프로이트의 『토템과
타부』의 타부규칙이나 라캉의 '아버지의 이름으로'에 철저
하게 복종하면서, 그 아버지 상징 밑에 가라앉은 내적 외적
규칙의 육화과정이 주체형성과정의 요체이다. 그런데 전기
철의 「악어의 수다」는 '아버지의 이름으로'에 내재된 권위와

규범을 총체적으로 거부하면서 스스로를 "밀고자"로 위치시킨다. 프로이트나 라깡적인 관점에서 볼 때, "밀고자"는 아버지와의 동일시의 실패를 의미하는데, 그것은 이 세계가 부여한 성역할 또한 실패하고 있음을 예고하고 있다. 아버지와의 동일시의 실패와 어머니에게서 거부된 자존감의 부재상태, 이 양자가 시인 전기철의 위상학적 위치인데, 그것은 완벽하게 결핍된 사랑의 위치이다.

이를테면 금번 상재한 『로깡뗑의 일기』는 완벽하게 실패한 오이디푸스 삼각형의 지형도를 예시하면서 실재와의 일정의 거리를 두는 환성성의 세계로 이입하고 있다. 마치 아버지에 의한 옆집 누이의 능욕을 "낯선 대륙"이나 "먼 나라"에서 일어난 듯한 사건으로 착각하고 싶어 하면서 시인 전기철은 스스로를 밀고자의 자리에 위치시킨다. 옆집 누나를 능욕하는 아버지, 그 광경을 고발하는 나, 그리고 그 모든 것을 수수방관하는 어머니 사이사이의 관계를 "청색얼굴"이라는 가면을 쓰고 현실세계와 미지의 세계를 넘나들고 있다. 어쩌면 그러한 시말 현상은 너무도 당연한 것인지도 모른다. 왜냐하면 아버지의 만행蠻行을 고발하고 싶은 나는 온전하게 자신을 내보이고 발설하는 나가 아니라, "청색얼굴"로 위장한 나이기 때문이다. 따라서 시인의 존재론적 자아는 이중성 위에 위치하게 되는데, 그것의 근본원인은 거세공포증이다. 타부규칙을 표상하는 '아버지의 이름으로'을 반항 거부하고 싶지만, 차마 발설하지 못한 말들을 "청색얼굴"이라는 가면을 쓰고 발설하고 있다.

나는 거짓말을 정원에 묻었다.

어머니의 표정을 닮은 거짓말은 정원에서 잡초처럼 저 홀로 자랐고

나는 더 이상 살이 찌지 않았다.

어머니들은 너는 커서 뭐가 될래, 라며 키득거렸다. 그런 날 밤

달은 거짓말들을 퍼트리느라 둠벙에서 첨벙거리고 있었다.

가끔 낮이면 매미가 울거나 벌레들의 울음소리가 거짓말 위에서 들릴 때면 가슴을 졸였다.

—「정원」일부

'아버지의 이름으로'의 실패와 거부된 존재감은 바로 결핍된 사랑의 지대에서 파생된 것이다. 그런데 전기철에게 있어서 더욱더 문제적인 것인 이러한 모든 사태를 응집하는 바로 "거짓말"의 의미이다. 물론 말이 진실을 완벽하게 표현할 수 없지만, 시인은 시「정원」에서 인간학적 관계 전체를 "거짓말"에 응고시키고 있다. 어머니-아버지-나 사이의 인륜적 관계를 "수음, 성기, 거짓말"로 관통할 때, 그것은 바로 부정적인 현실에 대한 시인의 태도에 다름 아니다. 마치 아도르노가 아우슈비츠의 참상과 벤야민의 자살에서 목도했던 부정적 현실처럼, 시인 전기철도 삶-시간-세계를 거짓말로 채색하면서 이 세계를 부정성으로 가득 채우고 있다. 하여 산다는 것은 부정성의 연속이다. 생은 그 자체로 합을 도출할 수 없는 부정의 변증법인데, 그것은 아름다운 미래를 기약하지 않는다. 무한 부정 혹은 거짓말의 퍼짐.

비록 시인이 거짓말을 정원에 묻었다고 말하지만, 어찌 거
짓이 진실이 될 수 있는가. 거짓은 거짓을 키워 "어머니의
표정"이 되고, "아버지의 성기"가 된다. 거짓은 몰래 한 "수
음"이기도 한데, 그것은 감추고 있는 표정이거나 감추어진
표정이다. 은밀하게 커지고 퍼져가는 거짓말. 이 세계는
"키득"거림에 내재된 비아냥거림이거나 야유 섞인 조롱이
기도한데, 그것은 아들에 대한 어머니의 부정적 인식이거나
아버지에 의한 어머니의 능욕이다. 하여 이 세계는 희망이
없는 거짓말의 천국이거나 서로가 서로를 기만하는 거짓 역
사를 만들어간다.

이름을 갖기도 전에 죽은 누이 때문에
나는 내 이름을 늘 부끄러워했습니다.

……(중략)……

이름도 없이 죽은 누이를 위하여
어둔 밤
남몰래 일어나 숲으로 가서 내 이름을 묻었습니다.
내 비밀스런 이름을 기억하는 새들을 나는 증오합니다.

……(중략)……

누이의 짤막한 생보다 긴 이름을
오늘도 내일도 부끄러워합니다.
                              ─「수자水子에게」일부

시인에게 누이는 주체형성과정에서 유일하게 긍정적인 인물이다. 시 「블루」와 더불어 「수자水子에게」는 죽은 누이의 영혼과의 대화를 시도하고 있는데, 그것은 불완전한 사랑의 형식이 욕동하는 지점이다. 안온함 혹은 사랑받았다는 느낌. 하여 죽은 누이는 시인의 삶-시간-세계를 통해서 유일하게 그리운 존재이다. 허나 죽은 누이는 아브젝션 (Abjection)의 화신으로 환생하게 된다. 왜냐하면 누이는 "열 살도 안 돼 죽"(「블루」 중)어 시인의 의식 전체를 공포에 사로잡히게 만들기 때문이다. 죄책감 혹은 증오심. 아들러의 개인심리학에 의하면, 거의 대부분의 인간들은 2-3세가 되면 인격형성에 있어서 중요한 기본적인 자질을 갖추게 되는데, 시인의 유년시절의 경우는 3중의 그물망에 사로잡혀 온전한 주체를 형성하지 못하게 된다.

허나 지금 시인은 생애의 8할을 키워준 누이를 추억하면서 "이름"의 의미를 반추하고 있다. 누이는 전기철에게 있어서 진정한 의미의 어머니를 대리 표상하고 있다. 비록 "이름을 갖기도 전에 죽은 누이"이지만, 하여 그런 누이로 인해 늘 자신을 부끄러워하고 "증오"심을 느끼기도 하지만, 시인은 "돛단배" 띄워 죽은 누이의 영혼을 위무하고 있다. 전기철이라는 이름을 가지고 현재를 향유하는 나 혹은 이름 없이 수자령으로 구천을 떠도는 누이. 시인에게 이름은 존재론적 자리의 위상학적 위치이자, 시인 자신의 부끄러움의 표상이다. "저주의 주문"을 외우면서, 은밀한 숲속에서 이름을 묻고 적멸의 지점에도 당도하기를 열망하면서, 시인은 자신의 유년의 사랑의 지대에 기입된 누이의 사랑을 반추하고 있다. "오늘도 내일도 부끄러워"하면서 이름을 가지지 못한 누이의 생애를 시인의 이름으로 회고하고 있다.

3. 부조리 : 이상과 현실의 괴리

이 세계는 진정성이 구현될 수 있는가. 만약 가능하다면 우리는 어떤 방법으로 이 세계를 정위시켜야 하는가. 시인의 부정적 인식이 생이 처음 시작되는 지점에서 생성되었을 때, 혹은 이 세계 전체가 애초부터 부조리로 가득 차 있다는 사실을 자인하게 될 때, 우리는 이 세계와 어떤 방식으로 대면하여야 하는가. 존재론적 부정성이 생 전체를 장악하고 있을 때, 우리는 어떤 의미의 함수로 이 세계를 만나야하는가. 어쩌면『로깡땡의 일기』는 이 세상의 수많은 말들 속에 숨겨진 악어의 눈물과 같은 위선과 기만을 고발하고 있는지도 모른다. "양심을 다 곳간에다가 보관해 놓고 온 놈"(「따귀 때리기 출장」 중)과 "위조된 사나이"(「아르누보풍의 봄」 중)의 허위성을 거짓말 위에서 욕동시키면서, 시인은 아무것에 오염이 되지 않은 "무균의 시간"(「녹아웃마우스」 중)을 열망하고 있음에 틀림없다. 허나 떠도는 거짓말, 허나 떠돌아 이 세계를 기만하는 물화된 의식. 이 세계는 기만과 허위의 암울한 밤꿈이 지배하고 있다.

아버지의 거짓말로 집안은 늘 어수선하여
어머니는 빗자루를 들고 거짓말을 청소하느라 허리가 휘었다.

가끔은 어머니의 빗자루 끝에서 별들이 술렁거리기도 했다.
그때
　어머니는 후라이팬에 거짓말을 튀겼다.

— 「우표수집」 일부

우리는 왜 진실을 말하지 않고 거짓을 말하는가. 거짓말은 자기보존본능의 자연스러운 발현인가, 아니면 이기적 유전자가 만든 작용인가. 『로깡땡의 일기』 전체가 거짓말이라는 밑그림 위에서 삶—시간—세계를 기록할 때, 그것은 어떤 시말—사태를 예인하는가. 전기철의 시말운동은 합이 불가능한 부정성이거나 이 세계의 기획 자체를 조롱하고 있는지도 모른다. 왜냐하면 생은 그 자체로 거짓의 연속으로 짜여진 기만적 산물이기 때문이다. 비록 그것이 "아버지의 거짓말"에 관한 몽상적 사유에서 비롯한 것이기는 하지만, 시인은 판타지적 세계에 이르고 있다. 마치 "먼 우주의 바다"와 "안드로메다로 가는 길"을 찾아 떠나는 소년의 마음으로 부조리한 현실을 가볍게 건너가고 있다.

시인에게 판타지는 이상과 현실 사이의 괴리감을 메워주는 기능을 하고 있다. 이를테면 시인은 "아버지의 거짓말이 별 과자가 되는 날"을 기대하는 유년기 소년의 마음으로 삶—시간—세계에 도사린 기만성을 망각하게 만든다. 성장이 멈춘 시인 혹은 유년기 어디쯤에 머물러 환상의 지대를 배회하는 시인. 하여 시인 전기철에게 있어서 판타지는 이 세계의 고통을 망각하는 유일한 방법이다. 허나 그렇다고 해서 문제의 삼각성이 사라지는 것이 아니다. 아니 시인이 판타지적 몽상을 통해서 이 세계의 거짓과 위선을 희화화할 때, 그것은 역으로 이 세계에 드리워진 존재론적 구멍을 적극적으로 드러내는 행위에 다름 아니다. 왜냐하면 부조리는 생에의 형식이 이미 내재되어 있는 선험적인 가정이기 때문이다. 하여 우리가 할 수 있는 유일한 행위는 "후라이팬에 거짓말을 튀"기는 아이러니적 사태뿐이다.

　나는 절대 기도하지 않기로 마음먹었다. 6월 33일이었다.
　갈릴레이가 '권위의 지혜'에 못 이겨 거짓 맹세를 하는 날이었다.
　골목에서 사람들은 지갑 속 돈을 세고 있었고
　잘 훈련된 개들은 집 주위를 어슬렁거리며 아무데서나 불쑥불쑥 눈을 흘겼다.
　나는 마을을 둘러싸고 있는 거울을 건너 세상의 끝으로 가려고 용을 썼다.
　어머니는 귀신이 들렸다며 촛불을 거울 위에 무수히 켜 놓고
　내 사지를 철사로 묶어 못질을 했다.
　그래도 나는 기도하지 않았다.
　그날은 갈릴레이가 더러운 맹세를 반복하는 6월 33일이었다.
　세상에 너무 일찍 나온 것인가.
　　　　　　　　　　　　　　　　　　　　－「산책자」일부

이 세계는 진실에 대한 기록이 아니라 "거짓 맹세"나 "더러운 맹세"로 가득 차 있다. 아니 우리는 한번도 올바른 "권위의 지혜"를 가져본 적이 없다고 말하는 것이 더 정확하다. 왜냐하면 이 세계는 '권위=권력'이라는 등식을 통해서 삶의 내밀한 의식을 성립시키고 지배하고 있기 때문이다. 이중성 혹은 진리(또는 진실)의 은폐. 삶-시간-세계는 그 자체로 은폐된 그 무엇으로 표상된다. 갈릴레이가 기만적인 "권위의 지혜" 앞에 진실을 말하지 못하고 굴복했던 것처럼, 우리는 절대로 진실을 발설할 수 없다. 우리는 "귀신이 들린 것처럼 방언"만을 뇌까리면서 그저 "세상의 끝"에 도달하기를 열망하는 자이다. 우리는 절대로 온전한 "영혼"의 표상이 아니다. 우리는 "6월 33"을 사는 모순이자 부조리이다. 우리는 "용을 쓰"다 소멸하는 그저 그렇고 그런 비루한 존재이다.

시 「산책자」는 "갈릴레이" 표상과 "권위의 지혜" 사이를 교묘하게 유비하면서 삶-시간-세계에 드리워진 기만성을 고발하고 있다. 비록 시인이 "영혼"의 "산책자"가 되어 "거울"의 이쪽과 저쪽 사이의 경계지대에서 머뭇거리고 있긴 하지만, 시인의 시말은 이중의 허위적 권위에 도전하고 있다. 무의식에 기입된 어머니에 의한 존재의 거부 혹은 이 세계의 진리성에 대한 도전. 비록 시인 전기철이 이중의 강박에 시달리고 있는 것은 분명하지만, 그는 "거울"의 경계면에 투영된 자신의 모습을 통해서 존재론적 성찰에 이르고 있다. 편견으로 가득 찬 "권위의 지혜"에 굴복한 갈릴레이는 어머니에게서 주체형성과정 전체를 거부당한 시인의 내적 자아의 슬픈 초상인지도 모른다. 왜냐하면 인간 전기철은 "영혼"이 "육신"의 집을 찾지 못한 채 "거울 가를 내내 배회하"고 있기 때문이다. 하여 어머니이든 이 세계이든 상관없이 "권위의 지혜"는 부조리하다. 마치 이상과 현실이 괴리되어 엇박자로 굴러가는 것처럼, 시인의 정신성은 해체 분열되어 삶–시간–세계를 떠돌고 있다.

①밤 아홉시
초저녁부터 거리 곳곳에서 반정부시위를 하느라 촛불들이 내내 윙윙거릴 때
옥상에 나만의 나라를 짓는다.
새들도 날개를 접어 집을 짓고 별도 내려와 기웃거리는
지상에 없는 나라에서
여자를 기다린다. 낮이면 몸을 팔아 살아가다가
한 밤이면 따뜻한 온기를 가져오리라. 정부를 갖지 못한 남자들의 따뜻한 손길이 아직 남은
촛불을 안고 오리라.
　　－「옥상에서 돼지를 잡다－어느 무정부주의자의 일기」 중

②하늘에는 바느질 자국이 선연하다. 시트들로 뒤덮인 하늘을 누군가가 꿰매고 있는 것이다.
빗방물이 재봉틀 소리를 내며 바느질을 하고 있다. 세상을 바느질하는 비!
그때 얼굴 없는 누군가가 귀에 대고 속삭인다.

장기 삽니다. 간은 천만 원 이상, 폐는 오백만 원 이상, 위장은 삼백만원 이상…… . 생각 있으면 따라와요.

뒤를 돌아보니 아무도 없다.

－「로깡땡의 일기」일부

이 세계는 그 자체로 부조리하다. 이 세계는 한번도 제대로 된 이성의 기획을 실천한 적이 없다. 하여 이 세계는 모순이다. ①은 그러한 측면을 政府와 情婦(혹은 情夫)로 교묘하게 이접시키면서 이 사회에 만연한 부조리함을 고발하고 있다. "나만의 나라" 혹은 "불한당들의 세계". 어쩌면 시인이 말한 것처럼, 우리 모두는 아나키스트가 되어야 마땅하다. 왜냐하면 이 세계는 불한당에 의한 불한당을 위한 불한당의 세계이기 때문이다. 우리는 한번도 가장 완벽한 권위의 지혜를 가진 적이 없다. 우리는 반정부시위자이거나 아나키스트이다. 아니 우리는 차라리 "정부를 갖지 못한" 자가 되는 것이 더 낫다. 이 얼마나 멋들어진 광경인가. 권위와 권력의 상징인 政府를 동음이의어인 情婦(夫)로 비틀어 이 세계, 이 현실을 불한당의 세계로 만드는 시인의 독설은 "도치법"으로 전도된 세계를 고발하고 있음에 틀림없다. 야합과 외설스러운 욕망으로 가득 찬 우리 시대의 권력 상징인 政府를 타락한 情婦로 추락시키면서 "옥상" 위에 시인만의 "나라"를 건설하고자 소망하고 있다. 어쩌면 시인이 의도했던 대로 이 세계의 실질적인 주체들은 政府가 아니라 개개인이 전하는 "촛불"같은 인간학적 온기 속에 고스란히

151

간직되어 있을지도 모른다.

②는 싸르트르의 『구토』의 주인공 로깡땡을 소재하여 이 세계에 만연한 자본적 욕망을 세세하게 그려내고 있다. 시인은 광학렌즈 줌을 끌어당겨 우리가 살아가는 일상의 풍경 속에 새겨진 의미를 예리한 관찰력으로 시말화하고 있다. 한편에선 "예수천국, 불신지옥"을, 다른 한편에선 "의사들의 시위 현장"을, 그리고 또 다른 한편에선 장기매매가 벌어지는 뒷거래 현장을 아주 정확하게 소묘하면서 자신의 존재론적 위치를 가늠해보고 있다. 비록 시인이 광화문 뒷골목에 있는 〈치킨호프〉를 자신의 "도서관"이라고 명명하고 있지만, 하여 늘 술을 벗 삼아 자신의 "생애" 전체를 취하게도 만들었지만, 전기철은 자본의 구조가 만든 살벌한 풍경을 가감 없이 드러내고 있다. "축복" 혹은 "새들의 무덤". 분명 이 세계는 생명을 담보로 수많은 거래를 일삼고 있는데, 그것은 어쩌면 이익에 눈이 먼 우리 사회의 단면도인지도 모른다. 헛구역질이 나고 구토가 나는 이 세계를 시인은 로깡땡이 되어 배회하면서 존재론적 비애에 젖는다. 왜냐하면 산다는 것은 올바른 "처방전"도 없고, "아무리 계산을 해도 답"이 나오지 않기 때문이다. 우리는 그 자체로 부조리하다. 우리는 아포리아에 빠져 헤매는 나약한 존재일 뿐이다.

하여 시인 전기철은 이 부조리한 세계를 일신시키고 싶어 하는데, 그것은 어쩌면 너무도 당연한 것인지도 모른다. 왜냐하면 이 세계는 너무 흠결이 많아 수선하여 고쳐 쓸 수 없기 때문이다. 하여 아래 언급한 시 「드라이크리닝」은 이 부조리한 세계와 맞서 혹은 이상과 현실의 괴리를 봉합할 수 있는 시인만의 유일한 해결책을 제시하고 있다. 이 세계는 너무 낡고 늙었다. 이 세계는 개선이 불가능하다. 따라서 우리는 마치 드라이크리닝 기계에 옷을 넣어 세탁하듯이, "인생" 또한 세탁하면서 "사람을 통째로 바꾸는" 수밖에 없다. 이 세계가 만든 부조리는 근본적이고 치유가 불가능하다.

> 보소, 보소, 그 동안 얼마나 애썼소. 여기를 고치면 저기가 고장 나고, 저기를 손보면 여기가 헐어지고, 잘라내면 너무 짧고, 잇대면 너무 길어, 세상에 맞는 일이 한 가지도 없으니, 인생을 세탁할 수밖에, 요즘 좋은 세상이니 기계에 다 넣어서 사람을 통째로 바꾸는 것도 좋을 것이오.
>
> – 「드라이크리닝」일부

4. 소통의 두 형식 : 독백 혹은 문답

우리는 "불법체류자"이거나 "고향을 잃"은 자일지도 모른다. 우리는 "자유라는 구호를 남발"(「자바jabber」 중)하면서 참된 자유 또한 잃어버렸다. 하여 우리는 상호 소통하지 못한다. 왜냐하면 우리는 우리에게 가장 소중한 자유를 분실했기 때문이다. 마치 해체론적 과학철학자인 파이어아벤트가 말한 것처럼, 우리는 상호 다른 이론의 지점에서 의사소통행위를 하고 있다. 따라서 우리는 각각의 고유한 독백이나 방백의 방식으로 삶-시간-세계를 살아가게 되는데, 그 것은 해체와 분열적 징후의 근본적인 원인이다. 투사에 의

한 방법이든, 대면적 관계에 의한 소통이든 상관없이, 잃어
버린 나를 찾거나 이상과 현실의 괴리를 해결할 수 있는 유
일한 방법은 대화이다.

> 시간의 밖에서
> 산은 가사상태에 빠졌고 강은 진물을 흘리고
> 빗방울인 듯 사람들의 눈동자가 쏟아져 내린다.
> 공장에서 찍혀 나오는 이주민들이 곳곳에서
> 벤치에 따개비처럼 앉아 공간 이동에 대한 논쟁 때문에
> 도시는 독백이 모래알처럼 쌓인다.
> (산소호흡기 속 환자의 숨소리가 점점 거칠어지고
> 트럭이 비탈길을 힘겹게 올라간다.)
> 　　　　　　－「레퀴엠-아무것도 아닌 자들의 도시에서
> 　　　　　　　　　　사람들은 운명을 믿는다」 일부

　독백은 소진이다. 독백은 환유이다. 독백은 서로 혼합이
될 수 없는 "모래알"처럼 쌓이는 마르께스의 『백 년 동안의
고독』이다. "레퀴엠" 혹은 "운명". 우리는 왜 독백이나 방백
의 상태에 이르는가. 괄호 안에 놓여 있는 "아무 것도 아닌
시간과 공간 속으로" 인간학이 수렴하게 될 때, 우리는 진
정한 소통에 이를 수 있는가. 시 「레퀴엠」은 운명의 독백의
전언을 환유적 사유로 무한히 미끄러져 가게 하는데, 그것
은 왜 그런가. "아무 것도 아닌 자들"이 "아무 것도 아닌 시
간 속으로" 들어가 "먼 과거"의 시간으로 회귀할 때, 혹은
"아무 것도 아닌 공간 속으로" 이입되어 어머니의 저주 같

은 욕설을 들을 때, 그것은 진정 어떤 상태인가. 우리가 예상했던 것보다 전기철의 시말들은 너무도 심각한 분열적 징후를 노정하고 있다.

이미지의 제전 혹은 의미의 병렬. 또는 의미의 산종을 통한 사유의 해체. 사실 시 「레퀴엠」은 죽음제의를 진혼곡의 형식으로 침전시키고 있는데, 그것은 "진흙으로 만든 사람" 즉 인간 전체의 운명을 가리키거나 "격추된 새들의 시체"를 매장하는 광경을 다양한 이미지로 변주하고 있다. 마치 "아무 것도 아닌" 것이 아무 것으로 변전되는 것처럼, 시인은 장송곡 밑으로 운명을 이접시켜 의미의 본질에 이르고 있다. 비록 시인의 시말들이 환유적 이미지로 불규칙적으로 흩어져 의미의 지대를 혼돈스럽게 만들기는 하지만, 전기철은 그 흩어져 해체된 의미의 지대에서 자신의 유년의 초상을 떠올린다.

거부된 존재 혹은 추잡한 욕을 먹는 키 작은 아이. 어쩌면 시 「레퀴엠」은 인간학적인 운명의 형식을 세 개의 괄호 안에 밀폐시켜 처연하게 노래하고 있는지도 모른다. 왜냐하면 세 개의 괄호는 그 자체로 "아무 것도 아닌 시간과 공간 속으로" 빨려 들어가는 삶-시간-세계의 인간학적인 모습이기 때문이다. 따라서 인간은 "산소호흡기 속 환자의 숨소리"에 다름 아닌데, 그것은 괄호의 안쪽이 바로 우리네 삶의 본질적인 국면임을 고지하는 시인만의 독백의 전언이다. '판단중지 하시오. 괄호의 바깥은 환상이고 시간의 바깥이오. 우리는 괄호의 안쪽을 응시할 때 생의 본질에 도달하

오.' 분명 시인은 세 개의 괄호의 경계면에 위치하면서 시간
과 공간 그리고 실재적 삶의 형상을 죽음본능으로 이접시키
고 있다. 하여 시인의 독백은 불길하고 위태위태하다.

> ①고양이가 내 말을 듣는 일은 없다.
> 고양이는 이산화탄소 가득한 거리에서
> 무감각으로 떠돈다. 그때 나는
> 경계도 나라도 없는 달에서 길을 찾고 있었다.
> 중력을 뚫는 아인슈타인의 공식에 따라
> 달로 쏘아올린 내 영혼은
> 고양이에게 신경 쓸 겨를이 없었는데도
> 여자는 내 말을 믿지 않는다.
> 　　　　　　　　　　　　 － 「달에서 길을 찾다」 일부

> ②전쟁도 없고 정치도 없고 사기꾼도 없는 꿈속
> 안으면 잠은 늘 물소리
> 세상에 버려진 모든 신발의 꿈
> 밤마다 출렁인다.
> 　　　　　　　　　　　　 － 「신발공주」 일부

　시인 전기철이 진정으로 언표하고 싶은 것은 훼손된 자아
의 초상도 아니고, 이상과 현실의 괴리도 아니다. 진정 그
가 원하는 것은 삶-시간-세계를 꿰뚫은 소통이다. 거짓말
혹은 불신. 이 세계는 소통하지 않는다. 아니 사이버스페이
스와 판타지가 보편화된 이 세계는 의사소통적 합일을 추구

하지 않는다. ①은 판타지를 물리학으로 이접시켜 대화적 소통을 지향하는데, 그것은 시인이 진정으로 추구하는 판타지에 다름 아니다. 아니 시인의 물리적인 길찾기는 불가능 쪽으로 휘어진 절대운동인데, 그것은 "달과 집 사이"를 "신경세포" 다발로 이접시키는 환상이다. 마치 "코카인"에 취해 영혼의 길을 내는 것처럼, 시인 전기철은 "달에서 길을 찾"아 헤맨다. 허나 말을 듣지 않는 고양이, 허나 절대로 말을 믿지 않는 여자. 소통은 애초부터 불가능하다. 왜냐하면 시인의 시말은 코카인이 만든 판타지적 환상 속에서 예인한 진정한 허구이기 때문이다. 따라서 영혼은 영원히 소통할 수 없다. 영혼은 영원히 고양이나 여자와 진정한 소통을 할 수 없다.

판타지에서 기반한 전기철의 소통 지향성은 소통불능상태를 확인하는 과정이기는 하지만, 시인은 그 판타지 밑에 에른스트 블로흐적 낮꿈 같은 자신의 소망을 알알이 새겨놓고 있다. 사랑과 평화를 열망하면서 분열적 세계를 지양하는 꿈을 충족시켜가고 있다. ②는 그러한 경우의 적확한 사례인데, 시인은 "동심의 까만 고무신 속"에 은거하는 "신발공주", 즉 아니마를 통해서 훼손된 자아를 복원하는 몽상적인 세계로 빨려 들어가고 있다. "우물의 별 혹은 우주의 우물". 시인에게 있어서 여성은 부정성으로 인지되는데, 앞서 언급한 누이와 꿈속의 신발공주만이 긍정적으로 표상되고 있다. 마치 "어머니의 자궁 속 그리움" 같은, 하여 "퍼내도 퍼내도 줄어들 줄 모르는 우물" 같은 존재가 바로 "신발공

주"의 참모습이다. 거짓말도 없고 위선적 작태도 없는 하여
훼손된 영혼이 유일하게 위무받은 장소가 바로 "신발공주"
라는 판타지의 공간이다. 어쩌면 금번 상재한『로깡땡의 일
가』는 이 세계에 드러워진 전도된 의식을 판타지로 교묘하
게 병치시키면서 자신의 영혼의 환부를 치유하고 있는지도 모
른다. 왜냐하면 그의 시말들이 궁극적으로 도달하는 지점은
"전쟁도 없고 정치도 없고 사기꾼도 없는 꿈속" 같은 세계
이기 때문이다. 하여 시인은 진정한 아나키스트와 별반 다르
지 않는데, 그것은 진정한 자유를 향유하는 것, 하여 일련의
세속적인 욕망을 벗어나 자신의 세계를 건설하는 전기철만
의 시말—사태이다. 말하자면 시인의 판타지는 실재를 거세
시킨 불모의 환성이 아니라, 그 환상적인 이미지를 통해서
이 세계의 기만과 허위를 비판하는 긍정성을 함의하고 있다.
따라서 전기철 시인의 판타지적 몽상은 진정한 자유를 열망
하면서 닫힌 시간과 공간을 열린 체계로 개방하고 있다.

> 아냐, 난 바다를 봤어. 산 너머 달이 목욕을 하느라고 첨벙,
> 소리가 나지. 정말 꿈같기도 해. 찰방거리는 물결 위로 달이
> 종소리로 걸어오는 바다를 봤어
> 숲에다 똥을 누고 개울물로 휘휘 닦아버리는 산사의 종소리
> 가 아닐까.
> 맞아. 산사의 종소리가 닿는 곳에 바다가 있어.
> 아, 달이 건너오는 물을 만져보고 싶다. 가자, 어서 가자.
> 지금 서둘러 가자.
>
> —「소경과 앉은뱅이 문답」 일부

삶—시간—세계를 살아가면서 우리는 진정한 소통에 이를
수 있을까. 진정 우리는 내가 너를 불러 '우리'라는 공감대
를 형성할 수 있을까. 사실 시인이 분열이나 해체적 징후에
빠져들어 몽환적인 세계에 이입되어 있을 때, 그것은 소통
의 부재이거나 소통의 거부가 아닌가. 아니 더 정확하게 말
해서 인간이 소통을 지향할 때, 소통은 무엇을 위한 소통이
고 그 소통을 통해서 어디에 도달하는가. 왜 우리는 소통이
라는 함수에 응고된 채 삶—시간—세계를 욕동시켜야만 하
는가.

시「소경과 앉은뱅이 문답」은 일종의 선문답과 같다. 그것
은 진정한 소통의 지향점으로 무한히 내접해 들어가 "가자,
어서 가자. 지금 서둘러 가자"를 외치게 되는데, 소경과 앉
은뱅이는 진짜 "바다"에 당도했는가. 갈 수 없는 세계 혹은
이 세계에 결코 존재하지 않는 유토피아. 하여 갈 수도 볼
수 없는 바다라는 판타지. 소경과 앉은뱅이처럼, 우리는 판
타지에 기만당하고 있는지도 모른다. 왜냐하면 우리는 항상
상상계적 욕망이 만든 징환에 휘둘려 진정한 자기를 볼 수
없기 때문이다. 볼 수 없고 갈 수 없는 소경과 앉은뱅이에
게 바다가 욕망의 대상이자 판타지이듯이, 인간은 가공의
상상적 세계에 빠져 살게 된다. 지젝이 말한 것처럼, 우리
는 크든 작든 혹은 현실에 뿌리를 두고 있건 없건 간에 상관
없이, 그 나름의 판타지 속에 산다.

그런데 전기철의 이 시가 문제적인 이유는 판타지의 공유
에 의한 의사소통적 합일에 이르고 있다는 점이다. 만약에

장자의 철학에 나타난 것처럼, 생이 판타지고 판타지가 삶이라면, 혹은 인간은 누구나 다 자기만의 무릉도원을 꿈꾸며 살아가도록 이미 예정되어 있다면, 우리 모두는 소경과 앉은뱅이의 문답의 결말처럼 "가자, 어서 가자. 지금 서둘러 가자"를 외쳐야 마땅하지 않은가. 21세기의 판타지적 몽상이 비판의 대상인 이유가 바로 여기에 있다. 현재 시단에 유행하는 판타지는 삶으로 환원되지 않는다. 자기만의 작은 자폐적 공간에 안주하여 절대 소통하지 않는다. 하여 현대의 판타지는 퇴폐다.

그런 의미에서 볼 때, 시 「소경과 앉은뱅이 문답」은 바다라는 판타지를 서로 다른 방식으로 이해 전유하면서 이상적인 세계에 이르고자 열망하고 있는데, 그것은 어쩌면 시인이 지향하는 궁극적 소통의 목적인지도 모른다. 파편화되고 해체된 이 세계의 단면도를 응시하면서 혹은 분열되고 훼손된 자아의 지대를 굽이치면서, 시인 전기철은 공감대가 형성이 되는 세계를 열망하고 있었는지도 모른다. 우리는 각자의 "바다"라는 판타지를 가슴에 안고 살아가고 있다. 허나 문제는 각각의 바다가 만든 판타지적 환상이 아니라, 그 판타지를 공유하여 삶으로 환원시키는 데 있다. 장자의 철학이 그러했던 것처럼, 파편화된 자기 해체적 환상이 아니라, 공유가능한 판타지를 통해서 생에의 비경秘境에 도달하는 것이 판타지적 소통의 순기능적인 측면이다.